U0549578

GAEA

Gaea

我的女友陳小姐不是人

My Ghost Girlfriend

②

醉琉璃 著

我的女友陳小姐，不是人

目錄

我的女友陳小姐，不是人……005
短篇集……167
友情觀察室・吵架……239
作者後記／醉琉璃……249

Main Story

我的女友陳小姐，
不是人

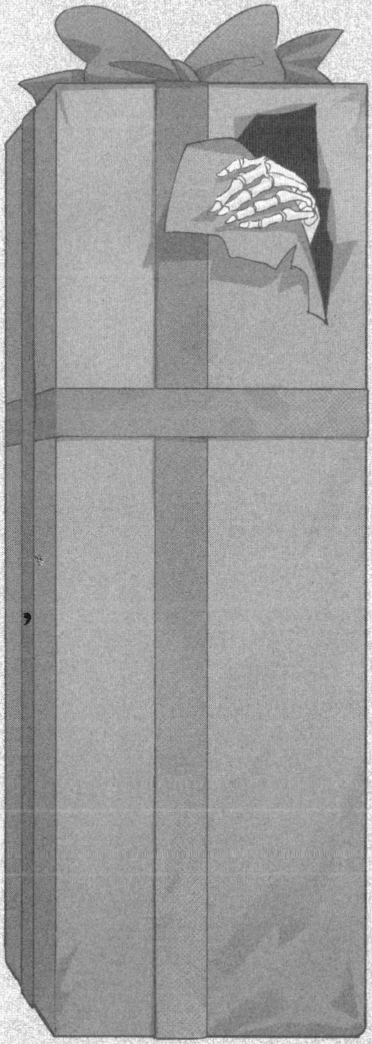

七月到，校門開……

說錯了，應該是七月到，鬼門開。

這裡的七月，指的是農曆七月，所以嚴格來說，現在是八月了。

我不太喜歡這個月份，也就是大眾俗稱的鬼月。

不喜歡的原因也很簡單。

我有陰陽眼，天生容易見鬼。

鬼門一開，路上能見到的鬼自然而然變多，導致我的雙眼幾乎每天都在承受它不該承受的痛苦。

不是說每個鬼都會死相淒慘，但平均一天看得到四至五個腦袋開瓢、血肉模糊，或是斷手斷腳的，對我來說已經太夠。

但能怎麼辦？日子還是得過，班還是得上。

鬼……當然還是每天得看。

生活不易，社畜嘆氣。

嘆著嘆著，假日就這麼過去，又是讓人心情鬱悶的星期一到來。

每個禮拜的上班第一天，又得面對成堆工作，能不憂鬱嗎？

我趕在九點前到公司，辦公室裡已一片忙碌，大夥都在整理自己桌上桌下的東西。

今天是農曆七月八日，忌：遷徙、入宅、置產。

也是公司的搬家日，從大樓三樓搬到五樓的那種。

我看著自己只擺著筆電、桌電，還有水杯跟一些小東西的桌面，再看看隔壁被雜物幾乎淹到看不見的桌子，忽然慶幸起自己沒有囤物的習慣。

不然今天該後悔的就是我了。

辦公室裡的桌子不用動，新的公司裡已經買好，舊的就留下來給之後遷入的單位使用。

雖說老闆大部分時候都機車、機掰、不肯當人，但在一些福利上，倒是對員工很不錯。

「小蘇，妳需要紙箱嗎？」位子在我正後方的張姊問道：「我這有囤了幾個，要的話跟我拿就行。」

「要要要！」我正煩惱抽屜裡那堆雜七雜八的小垃圾要怎麼收，張姊的詢問簡直如同及時雨，救我脫離水火之中。

雖然是喊「姊」，但會這麼稱呼張姊並不是她大我幾歲的關係，主要在於她是公司第一批員工，跟著老闆一路打拚至今，說是元老也不爲過。

張姊也是我剛入職時，負責帶我熟悉環境的前輩，還是我的酒友。我們有時候下班會約喝一杯，要是找不到地方去，就會來我家。

畢竟我住的地方只有我一名住戶，下面幾層樓無人入住，就算兩人一起發酒瘋也不會吵到人。

當然，我們不發酒瘋。

一來是我跟張姊的酒量還不錯，二來是我不喜歡把自己搞到宿醉，而張姊則是還要走回去。

她不留宿的原因很簡單，不是因爲我有室友——其實她還不知道我有室友。

而是爲了……我住的老公寓是當地凶名遠播的，凶宅。

究竟有多凶？

在張姊這個土生土長的在地人告訴我之前，我從來不知道我住的樓層以下這些年來共有七個人是非自然死亡。

怪不得整棟樓只有我一個房客，房租還那麼便宜。

這也導致張姊來我這喝酒時絕對不會待超過九點。

張姊長得很漂亮，有張初戀臉。

就是那種笑起來溫柔，臉蛋清純，一雙眼眸水亮水亮的，留著一頭長長黑髮，輕易就能在青春回憶裡留下濃墨重彩的一筆。

如果說要選系花、院花、校花，那麼一定會有張姊的身影。

不過在公司裡，她是男同事只敢仰望、不敢追求的存在。

眞．仰望。

張姊身高一百八，平時上班最愛踩著十公分的高跟鞋，所有男同事站在她旁邊全被襯得像個小矮人。

張姊低頭看他們，大概就是一覽眾山小。

除了陳小姐，張姊是我見過最高的女人了。

喔，陳小姐是我的室友兼剛上任不久的女朋友，有關她的部分晚點會再提到。

靠著張姊友情提供的紙箱，我總算把那些零散的東西都塞進去。

張姊那邊也收拾得差不多了，我們倆乾脆一起等電梯上樓。

只是電梯一直遲遲沒有下來的跡象，不知道還要等多久，我和張姊對看一眼，選擇走樓梯上去。

反正最多爬個兩樓而已。

我們這是商辦大樓，樓層多，大家上下樓通常靠電梯。樓梯間反而少用，鮮少開燈，常年一片陰暗，灰塵也積了不少。

今天之前，我們公司在三樓，因此我的活動範圍也絕對不超過三樓以上。在這上班這麼久，這還是我第一次前往四樓跟五樓。

為避免上樓時看不清楚，張姊找到電燈開關，按下後日光燈一下亮了起來，冷白色的燈光驅逐幽暗，灰撲撲的樓梯景象登時無所遁形。

張姊走在我前面，她的鞋跟踩得噠噠作響，每一下都如此有氣勢，宛如一首磅礡壯烈的戰爭交響曲。

我抱著箱子走在後面，每天爬老公寓的樓梯並沒有增強我的體力，我依舊體虛氣虛，爬個樓也喘吁吁。

可能是我的喘氣聲太大，張姊忍不住轉頭看我，「小蘇，妳……」

「我知道，我體力差。」我幫張姊把想說的先說了。

「妳該多運動啦。」張姊一臉嫌棄。

「有啦，我每天都在爬樓梯……」來回算下來，可是十層樓，我自己都佩服我自己了。

「算了，我們換個位置，妳走前面吧。」張姊側過身，讓我先上去，「免得妳走後面突然摔下去。」

「那我走前面如果摔下去？」

「喔，就讓妳摔下去了。」

張姊殘忍地打碎我對同事情誼的期待。

我甩了一記白眼給她，表示我一分鐘內不想跟她講話。事實上，接下來的一分鐘內我繼續喘得像條狗，當然也分不出餘力和張姊在那閒扯。

不知道我們這棟大樓是怎麼蓋的，樓與樓之間的樓梯特別長，長得讓人懷疑人生。

好不容易終於要看到一絲曙光——由四樓樓梯口散發出來——我猛地煞住

腳步。

後面的張姊差點撞上我。

「小蘇？」張姊顯然很困惑我幹嘛突然停下。

我一時沒辦法回答張姊，內心只有一群草泥馬在瘋狂奔騰，眼裡倒映出一雙屬於女人的腿。

那雙腿很白，穿著黑色網襪搭配黑色小短靴。

如果腿控看到，一定會忍不住大呼福利放送。

但首先，我不是腿控，其次，那雙腿……是在半空中晃啊晃。

真是要死了，之前公司在三樓，我也從沒去過三樓以上的樓層，所以就算在這上班兩年以上，我也都沒有發現……

四樓原來，有鬼。

那是一名短髮女鬼，外貌看起來很乾淨，沒有血淋淋、黏糊糊，她顯然沒興趣搭理準備從她腳下經過的兩個人。

她將脖子以下的重量都壓在一條繩圈上，雙眼放空，表情平靜，彷彿正陷入冥想當中。

我將差點發出的吸氣聲使勁吞回去，視線盡量別跟女鬼對上，否則很容易被對方纏上。

鬼對能看見自己的人一向很有興趣，最怕的就是被當成溺水浮木一般死死纏住不放。

「小蘇妳幹嘛啊？」張姊不曉得我的前方有雙腳正垂吊下來，又一次催促我，「妳是看到什麼嗎？」

張姊那句「看到什麼」，讓本來無視我們的女鬼倏地停下晃動的雙腳，接著她低下頭，再低下頭，脖子拉出驚人的長度，她的那張臉此刻正不偏不倚與我面對面。

感謝我是個面癱，否則這一刻我的表情恐怕會控制不住地扭曲，然後對方就會知道我看得見她，那可不是什麼好事。

我雙眼眨也不眨，好像沒注意到面前就有一張臉，當機立斷地拿出浮誇的演技，用力指向女鬼之處。

「張姊快看！那裡有七隻大強排成北斗七星的樣子——啊，牠們飛起來了！」

「呀啊啊啊啊在哪裡——」

樓梯間瞬間傳出雙重慘叫，一個來自張姊，一個來自女鬼。

短髮女鬼被嚇得花容失色，和大強身處同一空間本來就夠恐怖了，更何況是七隻會飛的大強。

別說人受不了，連鬼都扛不住。

短髮女鬼用最快速度抓著圈住自己脖子的繩圈，一溜煙地竄入天花板，很快地她又試探性地冒出頭。

「聽說看見一隻蟑螂，等於那裡其實有三十隻。我剛看到七隻，是不是等於七乘以三十再乘以三十再乘以……」我立刻面無表情地數數。

「別算！要死了，這種東西就不用算了！」張姊連忙拍打我的肩膀。

我滿意地看見短髮女鬼馬上被嚇得縮回去。

「蟑螂在哪裡？妳幫我看仔細點啊。」張姊什麼都不怕，最怕就是這種被稱爲小強、大強，或是黑色流星的生物。

她緊貼著我，雙眼緊張地不斷往四處飄，深怕自己漏看哪一角落。

要是這時候說是騙她的，我覺得她會拿紙箱敲我的頭。

所以我不敢說。

好在張姊也沒打算細究，但接下來的搬家過程，打死她都不想再爬樓梯了。

她寧願等電梯等到天荒地老，也拒絕再靠近樓梯間一步。

我覺得有些過意不去，中午吃飯時請她喝了杯飲料，順便跟她打聽一下這棟大樓的八卦。

像是有沒有死過人之類的。

或許是我住凶宅的關係，張姊以爲我只是單純好奇想問問，還眞的爲我解答了。

就她所知道的情況，沒有。

張姊比我早進公司很多年，而我們公司初創立時就在這棟大樓裡。

張姊喜歡社交，也擅於和管理員打交道，從他們那邊得知不少大小八卦，也旁敲側擊過這裡有沒有出過事。

要在一個地方工作多年，不弄清楚她總覺得渾身不對勁。

她很順利地得到了消息，讓她安心的那種。

「不然妳以爲我爲何願意留下來加班？」張姊對這話題做了結論，「要是這裡曾死過人，打死老娘一定不會超過九點走。」

這句話我相信，誰教張姊來我家喝酒也都是九點前無情撤退。

我相信張姊打聽來的情報，但內心的疑惑不由得更深了。

假如大樓內沒出過事，我看到的那位網襪小姐又是從哪邊來的？總不會是因爲七月到，她回人間逛街剛好逛到我們大樓裡面吧？

見鬼的事三不五時就會有，因此網襪小姐的事在我腦中沒有停留太久，很快被我拋到腦後。

經過一整天勞動和工作雙重折磨，下班時間一到，我立刻像灘爛泥趴在桌面上，恨不得有個任意門，讓我眨眼從公司回到西寧區的老公寓。

「還活著嗎？」張姊經過我身後，戳戳我的肩膀。

「死了，有事燒紙……」我奄奄一息地說，腦袋裡似乎還充斥著大量數據和文字。它們就像煩人的小飛蚊不停嗡嗡嗡打轉，偏偏還不能一掌打死它們。

「那可惜了，本來想請妳喝……」

「我好了，我又可以了！要喝什麼都儘管來吧！」

聽到有免費的可以蹭，我馬上精神一振，連後背也挺得像把尺那麼直。

「先把東西收一收，超過五分鐘我就不等妳了。」張姊拿出手機開始計時。

我迅速抓起手機塞進屁股口袋，拎起包包，向張姊表示我全收好了。

辦公室裡還有其他苦命人繼續加班，他們對我們兩人的離去紛紛投予了羨慕嫉妒恨的目光。

公司在三樓時我都不怎麼爬樓梯了，搬到五樓後更不用說。

何況張姊也不想走據說有七乘以三十再乘以三十再乘以……隻黑色流星的樓梯。

這其實是我瞎掰的。

但爲了人身安全，我是不會承認這只是個善意的謊言。

我們公司附近停車格稀少，騎樓又抓得嚴，大樓附設的停車場則貴又難搶。綜合上述原因，我和張姊都是直接搭公車或捷運上下班。

張姊說要請的是小七特大杯冰拿鐵，看著超過六百ＣＣ的內容物，我懷疑灌下去可以直接失眠到天明。

「不了不了。」我果斷拒絕張姊的好意，「我不可以，眞的不行。」

「女人怎麼可以說不行！」張姊用力拍上我的背，「兌換券今天就到期了，不喝感覺挺浪費的。妳確定眞的不要？喝了這杯，我明天再請妳喝手搖飲，隨便妳挑。」

「眞的？兩百元一杯的那種也行？」

「靠！搶錢啊！它鑲金還鑲鑽？」

「都不是，它鑲櫻桃，鑲了二十二顆。」

「一百元以下的，沒得商量。」

一百元以下還是我賺到了，我愉快地與張姊達成協議，決定把特大杯冰拿鐵帶回家給陳小姐喝。

叫我喝是不可能的，社畜明天還得上班，這時間點咖啡喝下去只有死路一條。

但事實證明，張姊的拿鐵和明天的手搖飲都不是那麼好拿的。

剛從店員手中接過冰得沁出水珠的咖啡，張姊就笑咪咪地說：「好啦，飲料妳也拿了，那麼就拜託妳陪我回家了。」

嗯？嗯嗯嗯嗯？事情爲什麼會變成這樣？

張姊很快就讓我知道事情爲何會變這樣。

她說這幾天一直感覺有人跟蹤她。

大概是從捷運站出來，徒步走回她住處的那段路程。

只不過每次回頭，路上行人看起來都沒任何異常，找不出誰是那個跟蹤者。

張姊原本以爲是不是自己太敏感，然而連續三天她都感覺到身後有腳步聲跟著她，但只要轉頭，又找不出聲音源頭。

最嚇人的是，腳步聲跟得一次比一次久。

就在昨天假日，她玩得有點嗨，搭了末班車回家，出捷運站沒多久，又感覺到後面有人跟著。

她急忙回過頭，只看到三三兩兩幾個人，可似乎沒有一個像是跟蹤者。

張姊心裡不安，下意識加快回家速度。越靠近住處，四周人煙就越稀少，平時熱鬧的街區這個時間點也變得冷清荒涼。

同時也將那道尾隨的腳步聲襯得更明顯。

張姊緊抓著手機，準備隨時按下求救號碼，腳下更是從走變成了小跑步。後頭的聲音依舊維持規律節奏，沒有跟著張姊一起跑起來。

但這反而讓張姊內心更七上八下，一顆心忍不住提至喉嚨，彷彿下一秒就會躍出她的嘴巴。

她明明都用跑的了，爲什麼那道腳步聲依然緊跟在後？

張姊實在不敢回頭，她乾脆舉高手機，打算利用螢幕照出後方景象。

讓她稍微安下心的是，螢幕裡確實有個人影。

如果螢幕裡什麼也沒有，腳步聲卻陰魂不散，張姊不確定自己會不會當場尖叫。

她一點也不想撞見鬼。

昨天的腳步聲跟著她來到了她家巷口處才終於消失。

想到對方一次比一次跟得離住家接近，張姊心底發毛，深怕接下來就會直接跟到她家，這才找了我幫忙。

一來是陪她壯壯膽，二來是……

捷運上人多聲雜，但保險起見，張姊還是壓低聲音和我說著悄悄話，「妳體質好像比較……不怕鬼對吧，不然也不能在那住這麼久。」

張姊說的「那」，是我在不知情之下被迫擁有許多鄰居的那棟老公寓。

「嗯？嗯……嗯。」這是個有點難回答的問題，我只好含糊用音節帶過。

總不能跟張姊說，我不是不怕鬼，只是和我同居的陳小姐是連鬼都怕的存在。

「反正妳就陪我走一段啦。」基於我在凶宅住兩年都安然無事，張姊似乎認定了我不怕鬼，「順便幫我確認跟著我的到底是人，還是那個。」

「妳希望是人還是阿飄？」

七月了，「鬼」這字還是別常掛嘴上，叨唸久了很可能會把對方引過來。

「讓我選的話，肯定兩個都不要。」張姊白我一眼，聽見到站聲響起，馬上利用她的身高優勢把我像拎小雞似地從人群中拎出來。

我們兩人走出了西寧站，沿路相當熱鬧，直到我們轉進小巷，那些像是水滴入沸騰油鍋而炸出的喧鬧聲才漸漸遠去。

巷內有幾間店家，明亮的燈光從門窗映射出來，也照亮了店外路面，但人聲明顯減少許多。

這也讓我和張姊清晰聽見了一道腳步聲。

噠噠噠，不快不慢，節奏規律，很明顯跟在我們後方。

張姊有點緊張，下意識抓住我的手，往我身邊靠。

無奈我的身高和她一比實在太矮，兩人在一起營造不出小鳥依人的效果，從後面看估計更像大鳥壓人。

我轉過頭，再若無其事地轉回來。

「怎樣，有看到人嗎？」張姊用氣聲問我。

我不確定要點頭還搖頭，人是有看見的，只不過不是活著的人。

俗稱好兄弟，粗暴簡單的說法則是，鬼。

那名男鬼和我們保持十步的距離，雙眼緊緊盯著張姊的腿，就算我方才轉頭也沒能引起他的注意。

我拉著張姊拐進另一條小巷，與平時路線不同，但依然能通到張姊家。

過沒多久，我們就聽見腳步聲跟過來了。

看樣子，那鬼是在跟蹤張姊沒錯。

不管他抱持著什麼企圖，會尾隨女性的都不是什麼好東西。

當然，尾隨男性也不行。

碰上這種情況，我內心也浮現幾分緊張。我雖然看得見，但就只是一個普通社畜而已，可沒有趕跑鬼的能力。

我皺皺眉，不敢打草驚蛇，以免那男鬼衝動下做出什麼事。

我是知道有個辦法可以趕跑男鬼，但還要打通電話，呼叫對方過來。在這一來一往之間，男鬼很可能已經不見蹤影。

我忽然想起張姊曾說過有拜地基主的習慣，就算房子是租的，依然會按時準備供品祭拜，還曾說似乎見過地基主一面。

既然張姊住的地方有地基主，那就好辦了。

起碼只要回到家，男鬼就無法輕易入侵。

有地基主在，那棟屋子本身就是一種保護。

我催促張姊加快速度，卻一時忘了我們雙方有腿長差異，張姊的一步等於我的三步，我追得上氣不接下氣。

眼看張姊住的大樓就在前面，我喘著氣停下，朝張姊揮揮手，「我就不進去了，張姊妳快上去吧！」

「妳沒問題嗎？我看妳要喘死了。」張姊在大門前停下。

「沒問題……妳快進去吧。」我看見男鬼就站在巷口，他的眼神痴痴地黏在張姊的雙腿上。

眞是令人不舒服。

不過張姊都快進去了，男鬼還站在巷口不動，看樣子應該不會有下一步的行動。

正當我這樣猜測之際，男鬼霍然往前衝了。

鬼和人不一樣的地方，在於他根本不是用跑的，而是飄起來，然後像顆炮彈發射出去。

幹幹幹！難道他還眞的想闖進張姊的住處!?

我臉色驟變，想叫張姊快點進入一樓大廳，說時遲、那時快，大樓裡一名背脊佝僂的老太太走出來了。

她的速度看起來明明很慢，雙腳還顫悠悠的，可我一眨眼，她人已不在大樓裡，而是出現在大樓外。

也就是張姊的正前方。

「小蘇，怎麼了？」張姊只看見我的表情出現一絲變化，沒看見自己身前站著一名頭髮花白的老奶奶。

「呃……」我只能擠出這個音節，實際上我也不知道該如何跟張姊描述眼下情況。

男鬼似乎沒將這名老太太放眼裡，神態凶狠地想將人直接撞倒，沒想到還沒撞上，先被「啪」地打到地面。

男鬼摔跌在路面上，一臉震驚，儼然不知自己到底被什麼打到。

但下一刻，老太太就讓我們清楚地看見她手裡握著的東西。

一隻紅白色的拖鞋。

很台，和藍白拖可以說是雙胞胎關係，它們就只差顏色不同而已。

「夭壽死囝仔！沒大沒小，這伝祖嬤的地盤你也敢闖？伝祖嬤照顧的孩子你也敢碰？」

個子瘦小的老太太抓著紅白拖鞋毫不留情地衝著男鬼再一頓暴打，拖鞋殘影如狂風驟雨落在男鬼的臉上、身上。

就像人類瞧見蟑螂，恨不得用盡全身力氣拿拖鞋拍下。

啊，看樣子這位就是張姊提過的地基主了。

以老太太形象現身的地基主打得男鬼毫無還手之力，只能在地上抱頭打滾，哭爹喊娘，發誓再也不敢靠近這個地方。

「小蘇？」張姊又喊了一聲，表情因爲我之前的沒回應而漸漸變得驚悸。

「沒事！」我趕緊對她擺擺手，「張姊妳不用擔心，眞的沒事了……總之不會再有什麼事了！」

我說得含糊，張姊卻能心領神會。知道自己不用再擔心跟蹤狂的問題，頓時如釋負重，眉眼也舒展開來。

「謝啦，明天開始請妳喝一禮拜的特大杯拿鐵啊！」

「不了，謝了，放過我吧。」我對這份謝禮心懷懼意，我才不想這禮拜都睡不著被迫起來嗨。

目送張姊進入大樓後，我忍不住在外面逗留一會兒，沒辦法，地基主暴打男鬼的畫面實在太精彩。

精彩到讓我不禁笑出來。

本來還抱頭在地上打滾的男鬼瞬間靜止，隨後猛然抬起頭，怒瞪向我。

他的動作太突然，快得讓我來不及裝作沒看見，我們一人一鬼的視線正好撞在一塊。

男鬼的眼裡亮起了異常的光采，他知道我能看見他了。

「媽的。」我低咒一聲，顧不得再看，急急轉頭就走。

「查某囡仔，快回去！或是找間廟待著！」老太太的喊聲從我身後傳來，

「那個死囡仔要跟上妳了！」

我知道那是地基主的善意提醒。

她雖然擔心我的安危，卻也沒辦法隨意離開。

地基主又稱地主神、宅基神，是住屋的守護神，唯有在自己的領地才能充分發揮力量。

一旦離開，她的力量也會削減大半，再和男鬼對上，局勢恐怕會逆轉。

我頭皮發麻，速度不敢放慢，步伐拚命邁至最大，活像有猛獸在追趕。

猛獸是沒有，鬼倒是有一隻。

「妳看得見對不對？我知道妳看到我了！」男鬼情緒高漲，彷彿忘了自己不久前才被痛打一頓，「雖然妳的腿短不白也沒多美，但既然妳看得見我，就表示我們之間有著命中註定的緣分！我勉爲其難地跟妳回家好了！」

幹，聽得我拳頭都硬了，無奈再怎麼硬也打不跑那隻鬼。

我只能越走越快，恨不得腳下裝上噴射炮，讓我咻一下就到家。

我住的公寓也在西寧區，和張姊家有二十幾分鐘的距離。

在我全力衝刺下，平常得走二十幾分的路程被壓縮到十五分鐘。

我終於看到我住的那棟老公寓，外表有些破舊，灰撲撲的，彷彿無時無刻都有陰影籠罩其上，水泥牆壁的斑駁痕跡乍看像是鬼臉圖案。

從來沒有一刻覺得這棟公寓如此親切可愛。

我三步併作兩步地跑向紅鐵門，眼角餘光瞥見那個男鬼竟也跟著加速。

他媽的他竟然飛起來了！

「來吧，帶我回家！」男鬼興奮得連聲音都在抖了，「讓我們一起住在這棟甜蜜的……呃，甜……」

男鬼說不下去了。

這很正常。

老公寓陰森森的外觀和甜蜜差了十萬八千里不止，只要是有眼睛的人或鬼都瞎掰不下去。

我趁機一溜煙竄到老公寓門前，在手碰上紅鐵門的剎那，祭出了我的大絕招。

「陳、小、姐——」

拔尖的餘音還在巷內繚繞，一道白色身影已快若流星地從屋內飛閃出來。速度太快，我只來得及看見她的裙角飄飄。

路燈的光芒不只照亮陳小姐的美貌，還穿過了她半透明的身體。

男鬼似乎是認識陳小姐的，或者聽過陳小姐的威名。

「噫啊啊啊！妳是……妳是那個西寧區地頭蛇！」男鬼臉色劇變，雙眼寫著恐懼，二話不說拔腿就想跑。

陳小姐哪可能放他走。

於是在我面前上演了一場他逃、她追、他插翅難飛的戲碼，不到三十秒就落幕。

好的，男鬼被陳小姐抓住了。

陳小姐抬高她的右手。

一巴掌揮出。

漂亮，男鬼被打飛出去了！

越飛越遠、越飛越遠，最終化作夜色中的一顆流星。

感謝陳小姐，今天也平安地度過了。

三兩下就將鬼處理掉的陳小姐轉過身來。她長髮飄飄，仙氣飄飄，走在路上十個人見了起碼十個人會回過頭，前提是這些人都有陰陽眼。

用最簡單的一句話來描述就是——

我的室友陳小姐，是個鬼。

喔等等，陳小姐有意見，她覺得這句話省略了最重要的部分。

那就重來一次，用最簡單的一句話來描述就是——

我的女友陳小姐，不是人。

✿✿✿

說起陳小姐，就得先說我和她的孽緣。

這份緣始於我在西寧區的老公寓租了頂加套房，搬進來後才發現裡面有個屹立不搖的釘子戶。

釘子戶不肯走，堅持她比我還早就待在這，但房租明明是我付的。

偏偏我也趕不走她，最後只好和她成了同居關係，她也從釘子戶升級成我的室友。

室友姓陳，我都叫她陳小姐。

陳小姐不是人。

這不是在罵她，只是照著字面客觀評論。

她不是人，她是個鬼。

原本陳小姐都是安安靜靜、靜得讓人發覺不到她這個鬼的存在。

直到某天夜裡，我正準備享受大人的夜晚，開了BL色圖欣賞，卻聽見一聲憤怒的咆哮突然響起。

「不准——逆我的CP！」

這是我們成為室友以來，陳小姐對我說的第一句話。

原來我們都是腐道中人，都愛看二次元的男男幹炮。

這本該是令人欣喜的事。

但最大問題在於，我們逆CP。

直白的說法就是我喜歡看A上B，她則喜歡看B上A。

雖然愛好、屬性都不同，作品配對更是看一部逆一部，但室友關係基本上還是挺和諧的。

然後就這樣那樣地，我們從室友成為了女女朋友。

可以在情人節放閃給單身狗看的好情侶。

啊，不對。

放閃也沒人看得見，除非那人也有陰陽眼，更大機率會被當成感情受創、精神失常吧。

這眞是一個悲傷的故事。

至於我們究竟是如何成爲一對的？

細節就別追究了，畢竟人要放眼未來，而不是回顧過去。

假如眞的眞的眞的非常想知道，那就指路《我的室友陳小姐，是個鬼》這個故事。

和上班必須朝九晚……常常晚不知道到幾點的我相比，陳小姐大部分時間都宅在公寓裡當宅鬼。

最常做的事是抱著筆電或手機上網吃糧，偶爾出門解決一下鬼與鬼之間的糾紛。

最近碰上農曆七月，陳小姐似乎變得比較忙，三不五時徹夜不歸，有時候要找她還得問問公寓裡的其他鄰居。

主要是因爲鬼門開，進來西寧區的鬼變多了。
凡是來這裡的鬼都要來拜拜碼頭，也就是號稱西寧區地頭蛇的陳小姐。
陳小姐表面上是個美女厲鬼，實際身分則是我那棟老公寓的地基主。
或者說是那塊地的地基主。
由於她存在許久，力量比一般地基主來得大，也才有辦法成爲西寧區令鬼聞風喪膽的一霸。
不過陳小姐從來不肯跟我說到底有多久，她每次塞給我看的身分證影本都是寫著二十八歲。
我肯定那個二八後面要乘以N。
陳小姐除了忙著接受他鬼拜碼頭外，還要整頓一些鬧事的鬼。
有句話是這麼說的，有人的地方就有江湖。
把人換成鬼也差不多。
鬼一多，就容易起摩擦，就容易打架滋事。

陳小姐不喜歡心平氣和地聽鬼解釋他們是怎麼打起來的，她更喜歡採用深奧精妙的物理力量，讓鬼心平氣和地聽她說話。

俗稱，暴力。

她的信條很簡單，暴力不能解決所有問題，但可以解決大部分問題。

據說敢弄出問題的鬼都被她扔進淡×河了。

今天又是陳小姐外出解決問題的一天，但不到半夜三點她就回來了。

比預期的早，我本來以爲她會到明早才出現，約法三章的凌晨一點前一定要上床睡覺早被我拋到腦後。

一開始我並沒察覺到她在我房間裡。

我當時正躲在被窩裡滑手機，房裡的燈早被我關了，這樣從外面看就是一片黑，鄰居A到G只會以爲我早早上床睡覺，不會跟陳小姐打小報告。

有時候我都懷疑她寫作我的女朋友，唸起來可能得叫老媽。

管得比我媽還嚴。

但女朋友是自己找的，還能怎樣呢？

當然是陽奉陰違唬爛她啊。

正當我的身心全投入陽剛猛男激烈的碰撞中，一聲幽幽的女性嘆息倏地迴盪在黑漆漆的房間裡。

我躲在棉被裡的身體一僵，頓時一動也不敢動。

但不是因爲那聽起來活像鬼片在我房間上演，而是……

幹幹幹，陳小姐居然提早回來了！

我內心尖叫，表面則努力穩如泰山，手指繼續在螢幕上滑動，總之先讓我把這一頁的肉看完再說。

要穩住，不能慌。

只要陳小姐不掀開被子，就不會知道我在幹嘛了。

無奈想像很美好，現實很殘酷。

我不知道自己哪裡露出馬腳，可被子下一秒被人一把掀開。

我面無表情地看著陳小姐，手機上是沒打碼的小黃漫。

陳小姐面無表情地看著我，比我大又比我漂亮的眼睛裡寫滿譴責，像在無聲質問這麼晚了爲什麼還沒睡。

睡什麼睡，禮拜五的半夜當然是要盡情嗨啊！

我心裡這麼想，但嘴上不敢講。

否則陳小姐有一百零一種方式搶走我所有能連上網路的３Ｃ產品。

就算我辦了４Ｇ吃到飽，不再是只能用 Wi-Fi 的那個我，但沒有上網工具也沒鳥用。

被當成現行犯逮個正著的我眼神飄移一下，很快地又轉回來正視陳小姐。

只要我不尷尬，那麼尷尬的就是別人。

在我倆沉默地大眼瞪小眼幾十秒後，我搶得先機，先聲奪人。

「妳也太晚回來了，讓女朋友獨守空閨這樣對嗎？」我扳著手指數給她看，

「一、二、三、四……妳自己說，妳都幾天不在家了？」

一開始我的確是抱著讓陳小姐忽略我熬夜的目的，只是當我扔出質問後，才發現原來心底一角一直被絲絲縷縷的寂寞佔據。

明明都交了女朋友，過的卻活像是喪偶的日子。

「對不起。」陳小姐摸摸我的臉頰，另一手沒忘記沒收我的手機，我只能眼睜睜看著激情碰撞的兩位猛男離我遠去。

陳小姐爬上床抱住我，比我修長漂亮的手腳像冰冷的堡壘將我收納在她的領地範圍內。

不冰冷也沒辦法，畢竟女鬼哪來的溫度嘛。

還好現在是八月，臺灣的夏天真是一年比一年熱，遙想十年前的高溫是二十八度，再對比現在高溫直接飆破四十度。

真想夢回十年前啊。

我靠著陳小姐，就像靠著一個人形冷氣，再拉上棉被，只有一個感覺可以形容——

爽。

「對了，妳剛嘆什麼氣？」我想起陳小姐進房時的那一聲幽嘆，「有鬼找妳麻煩了？」

問是這麼問，但我心裡懷疑這個可能性，陳小姐下一刻證實了我的猜想。

「找我麻煩的都被我扔河裡了。」陳小姐的語氣還是幽幽的，「別擔心，他們都沒實體，算不上隨意丟棄大型廢棄物，也沒有違反廢棄物清理法第四十六條。」

妳一個鬼爲什麼比我一個人還清楚這種事？

我匪夷所思地仰起頭，想看陳小姐的臉，後者似乎誤會我這個動作，不由分說地低下頭。

「啾」一聲，冰冰軟軟的嘴唇貼上我的額頭，那觸感挺像果凍的。

「不是要親親啦。」我拍打陳小姐的大腿。

「不要嗎？」陳小姐凝視著我，從這個角度看，她的眼睫毛又長又漂亮。

「嗯，要也不是不行……」受美色所惑的我控制不住自己的嘴。

我眞是一個意志不堅的女人。

陳小姐親完，我把話題重新拉回，「妳到底是爲什麼嘆氣？」

「西台北地基主協會，就是好幾個區聯合起來，他們想搞個鬼月敦親睦鄰活動。我一點也不想參加，但我覺得他們不會那麼簡單就放棄。」陳小姐蹙著眉，素來淡漠的眉宇盤踞了一絲嫌棄，「麻煩死了，要不是打不過他們全部，早把他們也扔河裡。」

陳小姐顯然是很煩這件事，她收緊雙臂，摟著我晃了晃，又把腦袋埋進我的肩膀蹭來蹭去。

陳小姐的頭髮香香的，薰衣草味，莫名有點助眠，讓我遲來的睡意終於湧上來。

我打個呵欠，身體往下一扭一扭，想要躺回床上去，沒想到陳小姐忽然說了一句。

「他們最近可能會找上妳。」

「什麼？干我一個活人屁事！」

我被嚇得睡意跑掉大半，不敢置信地扭過頭，想看陳小姐是不是在開玩笑。

很遺憾，那張面癱起來和我不相上下的臉完全看不出來。

「你們地基主協會跟我有什麼關係？」我不滿地撐起身子，反客爲主地跨坐在陳小姐身上，只要她不說出讓我滿意的答案，我就要……

沒錯，親她。

但我懷疑陳小姐是我肚裡的迴蟲，她冷不防又親了我一下，「妳是地基主的女朋友，他們也打算邀請成員親友。」

「嗯……嗯……嗯……我覺得我們可以先分手一個月。」

一個月過去，鬼月也結束了，完美。

我算盤打得很好，然而陳小姐無風自飄的頭髮還有周身閃爍的電光都在告訴我，她很有意見。

她拒絕被分手。

「不然妳說怎麼辦？」我戳戳陳小姐的肚子，戳到了她的腹肌，眞是讓我羨慕嫉妒恨。

「他們會採取利誘的手段，畢竟暴力是不被允許的，暴力是邪惡的。」陳小姐義正辭嚴地這麼說，好像忘記她才是西寧區最邪惡的代表，「這幾天他們就一直纏著我，不過我很堅定地拒絕了。不管他們開什麼條件，我都不會上勾的。如果他們眞的找上妳……」

「知道，我也會很堅定地拒絕的。」我比出一個童子軍發誓的手勢，「妳確定他們只會利誘，沒有其他我必須要注意的事了吧？」

「中元節之前，晚上超過九點，只有妳一個人的話，不管誰叫妳都別回頭。」陳小姐很嚴肅地說，「他們活動打算在中元節前舉辦，十五號一過大家會更忙，更沒時間了。只要妳不回頭，他們就無法進一步採取利誘手段，這是規定。」

「沒問題，就算我真的不小心回頭，我一定也有辦法抵抗住任何誘惑！」

我充滿自信地拍拍胸口，要陳小姐儘管放一百個心。

這時候的我萬萬沒想到，打臉會來得如此之快。

✿✿✿

陳小姐這麼一警告，害我提心吊膽了好幾天。

就怕晚上獨自走在路上身後會冷不防出現呼喚我的聲音。

不過到現在，什麼事情也沒有。

我猜可能是那個地基主協會放棄了，或者是他們打從一開始就沒把我列進邀請名單中。

不管是哪個，都是讓人開心的事。

我對和一群地基主展開敦親睦鄰行動的事一點興趣也沒有。

今天是農曆七月十日，忌：諸事不宜。聽起來就不是很吉利的日子。

不過整天下來倒也沒什麼事情發生，老闆一樣機車、機掰、不肯當人，大家已經見怪不怪。

望著窗外完全泛黑的夜色，我伸伸懶腰，把緊繃的身體稍微鬆開一點點，還能聽見肩胛處的骨頭發出喀嚓的聲音。

看樣子得找個時間去按按摩、整整骨了。

今天又是苦命的加班日。

超過晚上八點，我們部門的辦公室還有不少人，就連我後面的張姊也還在。

我瞄了一眼電腦螢幕上的進度，可喜可賀，一小時內應該可以解決完畢，回家度過頹廢靡爛的一晚。

要是陳小姐在家，就能抱著她一起度過。

我端起馬克杯準備喝水，發現杯子不知不覺空了，只好起身走到辦公室外，飲水機就安裝在靠近廁所的那條通道上。

當我拿著杯子走回座位，張姊轉過頭，「妳剛手機好像在響喔。」

「喔，好。」我拿起手機確認，看見LINE有一通來自小熊的未接來電。

小熊是我的國中同學，是少數知道我有陰陽眼的親友之一。

她之前也搬到台北找工作了，經歷一波三折，目前找到一間不錯的套房居住。

住的地方離我們公司不算太遠，所以有時候會送宵夜給我這個可憐加班人，多次接觸下，和平常很照顧我的張姊也熟了。

我直接回了一個問號的貼圖，馬上顯示已讀狀態，緊接電話再次響起。

「喂喂！」小熊精神十足的聲音迅速從手機傳來，「要吃宵夜嗎？小熊牌愛心宵夜現在接受外送喔，不過吃什麼由我決定。」

「我在加班，妳要過來嗎？」我一手拿著手機，一手移動滑鼠，修改圖表上的幾個地方。

加班時間我們公司沒管得那麼嚴，只要不妨礙他人，邊工作邊吃東西是被允許的。

「好啊，反正我今天晚上很閒。張姊也在嗎？在的話我就買多一點，大家一起吃。」

「她在。等等，所以妳要買什麼？」保險起見，我還是先問一下。

「臭豆腐加滿滿泡菜！」小熊興高采烈地說，「那間新開幕的，我看很久了。」

要死，還好我問了。

要是讓小熊帶那個過來，我們就要成爲全公司的公敵了。

「鹽水雞全蔬菜，菜類隨妳挑。」我拍板定案，不給小熊反駁的時間，果斷結束了通話。

「我聽到了，小熊要來對吧。」張姊身下椅子滑動，靠近我身邊。她的那雙大長腿隨意地擱擺著，讓人忍不住多瞄幾眼。

「她要帶宵夜，張姊妳沒那麼快下班的話，等等一起吃吧。」我朝張姊發出了邀請。

張姊也沒客氣，笑嘻嘻地應了聲好。

小熊抵達的時間很剛好，到我們公司時差不多九點半，其他的同事走得差不多了。

辦公室就剩下我跟張姊，等於這個地方就是我們的天下，聊天不用控制音量也沒關係。

小熊有張甜甜的臉蛋，笑起來更甜，整體來說是個像棉花糖的女生。

這還是她第一次到我們換了樓層的公司，她好奇地東張西望，沒過多久就失去興趣。

公司的格局雖然有變動，但看來看去還是一堆桌椅電腦跟ＯＡ隔板。

小熊拉了我旁邊的椅子坐下，獻寶似地將那袋分量驚人的鹽水雞呈現給我們看。

「如何？量很多吧，這家價格便宜又好吃，CP值很高的。來來來，小蘇跟張姊趕緊來吃吧。」

「要是有啤酒配就更棒了。」

「冰冰涼涼的啤酒，最好再加點兒冰塊。」

我跟張姊妳一言、我一語地發表感想，不時還暗示般朝小熊看去。

「想喝酒就自己下去買，樓下有便利商店。」小熊哼哼幾聲，才不想管我們。

我和張姊都是愛酒人士，但懶字還是排在酒前面的，唸唸有詞了那一會兒，最後誰也不想多跑那一趟。

我們三個都在外面租屋，自然沒什麼門禁問題，在辦公室裡吃吃喝喝別有滋味。

享受完小熊帶來的鹽水雞大餐，我們把垃圾收一收，窗戶開條縫，好讓室內的味道可以散出去。

確定公司的玻璃門有自動上鎖後，我們這才去搭電梯，誰也不想走五層樓梯下去。

可讓我們吃了一驚的是，三台電梯的面板上都顯示著鮮紅的「故障」兩字。

「咦咦咦？」小熊更是一臉錯愕，「怎麼突然就故障了？我上來的時候明明還好好的啊。」

我和張姊對看一眼，在彼此眼中也看到不解，這還是我們頭一回在大樓裡碰到這種狀況。

沒辦法，只能走樓梯下去了。

同時這也代表著……我們必須經過有網襪小姐待著的四樓了。

說起網襪小姐，自從公司搬家那天見過她後，之後我都沒再經過四樓，她也不曾出現在其他樓層。

老實說我也不是很確定她究竟還在不在。

不在最好，在的話，就只能當沒看到了。

我們走到樓梯口，發現樓梯間一片漆黑，樓梯輪廓幾乎看不見。

張姊找到電燈開關，按下去卻沒有反應，燈管沒有如預期亮起。

「不是吧……」張姊不死心地把所有開關按了一輪，想說就算只有樓梯口的燈亮也好，也能達到照明功能，然而結果都一樣。

「這到底怎麼回事？電梯故障，燈也壞了。」小熊苦著一張臉，「難不成是我帶衰嗎？我一來就全都出問題了……」

「罰妳請我們吃燒肉。」我趁火打劫。

「呸呸呸，才不幹呢！」小熊拿出手機，打開了手電筒，刺眼的光線立刻往下投射，照清部分輪廓。

我和張姊跟著掏出手機加入照明大隊。

即使之前管理員有請清潔人員加強梯間的打掃和消毒，但在這種沒辦法看清四周的狀況下，張姊還是有些心驚膽跳，就怕小強忽然像是黑色流星地竄出來。

我和小熊分別走在第一和第二的位置，負責幫張姊檢查有沒有不明物體出沒，有的話就提醒她一聲。

我們下到四樓，什麼事也沒發生，我也沒有看見網襪小姐的身影。

這多少讓我鬆了口氣。

我們繼續往下，快接近三樓梯間時，有人正巧從樓層走出。

看樣子也是加班同伴。

很湊巧地，我和張姊都認得這位男性，或者說見過不少次。他是三樓另一間公司的人，總是穿著運動背心展現自己的肌肉。

雙方常常在搭電梯時碰到，去上廁所或裝水的時候也常碰上。要記住他挺簡單的，那條刺青手臂眞的太醒目，第一次見面就在我們心裡留下深刻印象。

畢竟會在上面刺著拉拉熊的猛男很少見。

刺青男看到我們時愣了一下，狐疑的眼神掃過拿著手機照路的我們，再瞄向一片黑的樓梯間。

「怎麼不開燈？」他嘀咕地問著，伸手朝牆壁開關位置探去。

結果當然是半點反應也沒有。

「燈好像都壞了。」張姊從樓梯上喊了一聲，「等等到一樓時再跟管理員講一下。」

我們的手機照明大隊增加一位新同伴，隊伍順序由前到後分別是我、小熊、張姊，以及刺青男。

這棟商辦大樓的樓梯眞的長得很讓人討厭。

平時就已經讓人不想浪費體力在上面了，如今碰上燈不亮，四周被幽黑籠罩，彷彿我們走在一條沒有盡頭、也不知道暗處潛伏著什麼的道路上，讓人心裡七上八下，勞力之外還勞心。

「這麼說起來，現在好像是農曆……」張姊的話才說到一半，就被小熊猛地打斷。

「啊啊啊！別說出來，別說出現在是幾月！」小熊的臉色在手電筒的光芒下更顯蒼白。

「八月。」我平靜地把話接完，「八月十五號。」

「農曆剛好是鬼月嘛。」我沒說，但刺青男把小熊最怕的禁忌字眼說出來了，「再過幾天是不是就中元節？我聽管理員有在提要普渡的事。」

「啊啊啊啊！」小熊發出了尖細的慘叫。

她的聲音飄蕩在烏黑的樓梯間，造成了回音，聽起來更像鬼片風格。

小熊似乎被自己的叫聲嚇了一跳，連忙捂住嘴巴，小心翼翼地觀察四周，確定那眞的只是自己發出的聲音後才鬆了一口氣。

「別說那個字啦，提到他們要說阿飄才行。」小熊小小聲地糾正刺青男。

「喔，好。」刺青男摸摸後腦勺，老實地應下。

「張姊妳要說什麼？」我問道。

「我要說，還好我們這棟大樓沒出過什麼事。」張姊慶幸地說著，「不然這時候走這種黑漆漆的樓梯還挺嚇人的。」

「咦？眞的嗎？那太好了……」一聽到我們大樓至今沒發生事故，小熊露骨地鬆了一大口氣，總算沒有死死掐著我的手臂了。

別看小熊小小隻，力氣可不算小，我的手臂回去後肯定瘀血，我要用這個來敲詐小熊一頓燒肉。

「欸欸小蘇，眞的沒有吼？」小熊像是要做足確認，用氣聲問我。

小熊向來怕鬼，原因要追溯到國中時曾和她哥及她哥的小夥伴們一起跑去夜遊，還跑到了我們家鄉最出名的那條小路。

以陰氣重、不乾淨而聞名。

他們一群人在那條小路上撞見了鬼，嚇得哭爹喊娘地跑回家，然後就被他們的爹與娘來頓憤怒雙打而哭得更大聲了。

從此在小熊的心裡留下了不只五十道陰影。

「對，沒有。」我這不算說謊。

起碼現在真的沒有。

我可不敢跟小熊說，其實我前幾天在四樓見過吊在半空中的網襪小姐。

我們走到了二樓，意外又收獲一位隊友，正是張姊不久前提到的管理員。

這位管理員在我們這群苦命社畜之間可說相當出名。

看上去是普通的瞇瞇眼阿伯，然而記憶力好得驚人。

他可以記住整棟大樓的所有人，甚至還能知道他們是在哪一層上班，公司在哪一間辦公室。

以我舉例，我幾乎沒跟管理員講過話，最多是下班時見到他會點個頭，但管理員連我都有辦法記得。

我都懷疑他有什麼超能力，太厲害了。

管理員剛巡視完二樓，看到我們四人從樓梯上走下來，先是一愣，接著露出無奈的表情。

「張小姐你們下班了啊，辛苦了。電梯跟二、三樓樓梯的燈不知道為什麼突然壞了，我有聯絡主委跟機電公司的人啦，但他們明天才有辦法過來修。」

「大哥你比較辛苦啦，還得走那麼多層。」張姊同情地說。

我們這棟商辦大樓有二十層，管理員來回巡邏完可是雙倍的距離，想想眞是可怕的數字。

「管理員先生。」小熊從我身後探出頭，「五樓跟四樓樓梯的燈也壞了。」

「不會吧？」管理員眉毛緊緊揪在一起，「只有樓梯的壞嗎？」

「對。」張姊說：「但我們不確定上面樓層的燈有沒有問題，目前五樓以下的都壞了。」

管理員顯然沒想到會收到這個壞消息，本來就緊皺的眉毛這下子彷彿打成死結。

管理員沉思一下，很快有了決定，「那我跟你們一起下去吧，順便拿個手電筒。」

這下隊伍更加壯大。

現在是管理員走在最前，後面依序是我、小熊、張姊、刺青男。

「大哥，電梯明天就能修好嗎？」刺青男從後喊了一聲。

「要等機電公司的人過來看過才知道。」管理員沒辦法給出保證。

「要是沒修好我們就慘了。」刺青男語氣憂鬱，「明天上午要跟十九樓的人開會啊，下午則要跟二十樓的，如果電梯還是故障……」

我跟張姊忍不住回頭給了他一記同情的眼神。

慘，眞是太慘了。

「轉角過後有幾階高低差比較大，大家下樓時注意一點兒。」管理員出聲提醒，他已經走到樓梯轉角處，沒一會兒就被擋住看不見身影。

我跟著繞過了轉角，卻沒發現管理員。

「大哥？大哥？」我詫異地喊了幾聲，但只聞我的聲音在梯間迴盪，尾音被回音效果拉得格外地長。

「怎麼了？怎麼了？」小熊緊張地嚷。

「管理員大哥忽然不見了。」我將手電筒的光往周圍掃一圈，什麼異常也沒發現。

「可能是他走比較快，已經到一樓大廳了吧。」張姊不以為意，「別看大哥六十多歲了，體力比妳這個弱雞還要好。」

人身攻擊是犯規的，張姊。

我正想這麼抗議幾句，驀地想到曾見過管理員搬箱子時無意間展現的強健二頭肌。

我摸了一把自己手臂內側的軟軟贅肉，再也沒有任何想法。對不起，我不配，我就是個體力負分的渣渣。

底下樓梯口旁就是通往大廳的門洞，一樓燈光保持大亮，部分光線流淌進來，映亮樓梯前的一塊地面。眼看只要再走十幾階就能抵達，我忍不住鬆了一口氣，再繼續走下去眞的要喘得像條狗了。

可下一秒，我吐出的那口氣猛地又吸回去。刺刺的顫慄感覆蓋我的後背，蔓延到我的脖子，再一路到腦門。八月天氣正熱，就算進入夜晚還在大樓裡，空氣依舊又黏又悶，彷彿死死黏附在皮膚上，抹除不了。

但此刻我卻感覺周邊溫度急遽降了十幾度，簡直像是被嚴冬佔據，冷得我不由自主地打了個冷顫。

沒有聲音。

樓梯間不知何時變得安靜無比。

就算用死氣沉沉來形容也不爲過。

剛剛還在我身後的腳步聲和小熊的嘀咕聲，全都消失不見。

我只聽見自己的心跳聲和呼吸聲，在這個狹長的幽暗空間內被放至最大。

「小熊？張姊？三樓的那位先生？」我緊張地喊了一聲，身後是一片寂靜，沒有丁點人聲。

肯定有誰在搞鬼，不是還活著、會呼吸、會喘氣的那種存在搞出來的。

陳小姐交代的是聽見有人喊千萬別回頭，那麼這時候轉過去看應該沒問題……吧。

還沒等我採取行動確認狀況，一道幽幽細細、活像鬼片才會出現的聲音無預警響起。

「蘇小姐。」

我面無表情地繼續走，鳥都不鳥後面的聲音。

老娘的暱稱是小蘇，但我可不姓蘇。

我加快速度，匆匆走到一樓，想趕緊打電話給陳小姐問問現在要怎麼辦，可當我一走出門外，卻發現眼前景象與想像不同。

一樓大廳該是寬敞沒有遮蔽物的，然而前方卻是一間間辦公室及半人高的圍牆。

這明明是一樓以上樓層才會看見的場景。

怎麼回事？我不是已經到一樓了嗎？

我愣愣地盯著對面牆壁，辦公室的號碼是2開頭，表示這裡是二樓。

但剛剛……我們碰上管理員的時候就是在二樓吧。

我的腦中出現短暫混亂，卻沒有人能給予我答案。

別無他法之下，我只能朝著本來被我以為是通往地下停車場的樓梯跑，直到看見光線從門外照入。

這次總該不會錯了吧，這念頭才從心中浮起，轉眼就被殘酷的現實打擊得碎裂——

還是二樓。

媽的，這是碰到鬼打牆了吧！

我的腳步釘在原處，上也不是，下也不是，我做了個長長的深呼吸，告訴自己鎮定下來。

然後，打電話找陳小姐。

拜請大台北西寧區最強地頭蛇出馬！

可就像在印證著農民曆上寫的今日「諸事不宜」，電話始終打不出去。

無計可施，我只能咬咬牙，決定繼續往下衝，說不定眞的有機會突破鬼打牆回到一樓。

我抓著手機往樓下跑，手電筒的光束隨著我的動作劇烈晃動，在樓梯間切割出凌亂光影。

「呵。」

女人的笑聲不知從何處傳來，接著噠噠噠的腳步聲平空出現在我身後，每一下都像是踩在我的心尖上，令我心臟緊張地顫呀顫的。

那人走得急促，像是在追趕著我。

我快，對方也快；我慢，對方也慢，該死的陰魂不散。

「蘇小姐、蘇小姐。」

呼喚聲又來了。

我謹記陳小姐告訴過我的話，這幾天晚上九點一過，不管誰叫都別回頭。

「蘇小姐。」

「蘇小姐。」

身後聲音不時變換，一下子男的，一下子女的，彷彿有不同人在呼喊。

「蘇小姐妳等等。」

「蘇小姐我有事找妳。」

「蘇小姐這張千元鈔是妳掉的嗎？」

衝著這句話，就算我不姓蘇，還是二話不說地煞住腳步轉過身，然後……幹，被騙了。

後面沒錢也沒人，只有一位半透明的網襪小姐。

錢錢誤我，可惡！

網襪小姐還是跟第一次見到時一樣打扮，黑色小短靴、小菱紋網襪，一雙腿又白又漂亮，脖子上還繫著一圈繩子，眼下的黑眼圈重到像塗了煙燻妝，嘴唇是紫黑色的。

要是不知道她是鬼，可能會誤以爲她走的是搖滾龐克風。

網襪小姐對我笑，她的笑容越咧越大，很快突破人類極限，直咧到耳根後。

站在我前面的，現在是個咧嘴網襪小姐。

我不加思索轉身就跑。

但絕不是被網襪小姐的出現嚇得落荒而逃，而是我的膀胱突然間宣告它準備要炸了。

啊啊啊！爲什麼在碰到這種鳥事的時候人都特別容易想上廁所！

我風風火火地衝出敞開的逃生門，顧不得看自己現在是在哪一樓，直接朝女廁方向衝去。

這個時間點，廁所附近的燈都被關了。

要我摸黑上廁所實在太爲難，我夾緊雙腿，找著開關。

上天保佑，這裡的燈沒問題。

我趕緊解決人生大事，手習慣性地放在大腿上，目光則放空地盯著門板。

接著我就看見門板上垂下了長長的頭髮，一綹一綹，又一綹……

下意識再往上一看，一顆繫著繩子的腦袋擱在門的最上方。

「啊啊啊啊！」

饒是看慣鬼的我也發出了高分貝的尖叫，總是不變的表情跟著裂開。

不是那鬼有多恐怖、多嚇人。

而是我他媽的還坐在馬桶上，褲子拉都沒拉，這鬼居然是個偷窺死變態！

唯一慶幸的是，我衣襬夠長，能遮的都遮了。

「我沒看到，我什麼都沒看見喔！我是閉著眼睛的！」網襪小姐大聲爲自己伸冤，「這是誤會，眞的是誤會，妳可千萬別跟陳小姐告狀，不然她會把我丟進淡×河的！」

我胸中冒起的熊熊怒焰霍然停滯一下，沒有漏掉最關鍵的字眼。

嗯嗯嗯？她認識陳小姐？

我想起這棟大樓沒有發生過任何意外，卻又有鬼魂在這裡。

該不會、難道說……

電光石火間，一個猜想如流星劃過我的腦海，「妳是這裡的地基主！」

「對啊，我就是。」網襪小姐說：「我可以睜開眼睛了嗎？」

「不行，妳給我下去！」我疾言厲色地說，「老娘還沒穿褲子！」

等我從廁所裡走出來，看見的就是網襪小姐坐在洗手台上，雙腳一踢一晃，鏡子裡當然映不出她的影子。

網襪小姐正準備對我說些什麼，我冷著臉瞪過去，「閉嘴，先等我洗完手再說，不然我就把手往妳身上擦。」

網襪小姐快速往後挪動，用害怕的眼神盯著我那雙上完廁所未洗的手。

等我完成「內外夾弓大立腕」這串步驟，網襪小姐遞了一張擦手紙給我，小心翼翼地跟我確認。

「現在可以說了吧？」

見到我點頭，她立即換了一副表情，從小媳婦變成邪惡大反派。

兩隻眼睛裡寫著四分之一狂霸、四分之一冷酷、四分之二邪佞，有如兩個圓餅統計圖。

網襪小姐對我咧嘴一笑，嘴巴又控制不住地咧到耳根後，鬼氣森森的嗓音隨即傳入我耳中。

她說：

「小姐，來玩遊戲嗎？保證安全合法又健全，只要妳答應，狼之穴網路商店一萬元讓妳買爽爽喔。」

陳小姐的千叮嚀、萬交代瞬間閃過我的腦海，下一秒被我果斷丟到腦後。

對不起了，陳小姐，但我真的需要那個酷東西！

一應允網襪小姐的邀請，眼睛再一眨，就發現人已經不在大樓廁所裡，而是跑到一個白色空間，到處都是白茫茫的煙霧。

網襪小姐不知道哪裡去了。

霧氣氤氳中，隱約能見到前方有好幾人的身影，還能聽見熟悉的聲音。

那是……小熊跟張姊的聲音！

我三步併作兩步往前跑，繚繞在周圍像棉花糖的霧氣跟著退散，前方景象隨即豁然開朗。

我以爲小熊他們都平安到一樓了，誰想得到會在這裡看見他們。

還一個都沒漏下，張姊、小熊、刺青男跟管理員。

「你們……你們怎麼也在這裡？」我大吃一驚。

「小蘇妳也來了！」小熊驚喜地跑向我，抱住了我的一隻手臂。

小熊的表情看上去很輕鬆，沒有受到驚嚇的樣子，由此可見她會到這裡應當不是受到脅迫或恐嚇。

這反而把我弄糊塗了。

「小熊、張姊，妳們爲什麼在這裡？妳們也都碰到那位……」我想了想，決定還是用最明顯的特徵來稱呼，「那位網襪小姐？」

「小蘇妳也碰到了啊，是她把妳帶進來的吧。」張姊比比自己，又比比其他人，「我們都是碰到她，然後……」

「就……那個小姐說只要答應玩遊戲，就會帶我去一個有強烈能量的地方，包准我能抽出五星卡！」小熊眼裡閃耀星星光芒，「五星，五星啊！我已經非了半年以上！她還說玩完遊戲我們也不會記得，就算被嚇得半死也不會記得，這多好啊。」

好喔，原來是對抽卡的執念讓小熊戰勝了對鬼的恐懼。

「張姊妳難道也是……」我沒想到連張姊都會願意加入。

「她答應我，改天老闆上大號的時候，她會替我幹走老闆的衛生紙，或是讓他在拉拉鍊的時候用力夾到他的小雞雞。」張姊愉快地吐出口氣，「那場面光想我都覺得爽。」

我瞄到同是男性的刺青男和管理員露出一言難盡的表情，和張姊之間的距離也默默拉遠。

我看向管理員和刺青男，他們兩人也點點頭，表示自己同樣是自願參加遊戲才會出現在這裡。

「我想換個刺青圖案。」刺青男屈起自己的手臂，上面鼓起了賁張的肌肉，拉拉熊的面積跟著被拉大，「那個小姐說只要我參加，就會幫我把拉拉熊變成吉伊卡哇跟烏薩奇。」

「她答應送我瑪利歐賽車世界的遊戲片。」管理員揉揉肩膀，答案相當質樸。

「小蘇妳呢？她答應要給妳什麼啊？」小熊好奇地問。

「咳嗯……商城購物金。」我含糊地帶過。

不好意思說那個商城叫狼之穴，販賣的都是我這種腐女最愛的男男小黃漫跟遊戲，內容乒乓乓，刺激又火辣，買過的人都說讚。

「對了、對了。」小熊突然面露納悶，「那位小姐還說，因爲我們是陳小姐女友的朋友，才特地邀請我們一起來玩……但我身邊好像沒有朋友姓陳啊。」

「陳小姐的女朋友到底是誰？」張姊也陷入沉思。

……對不起，就是我。

管理員和刺青男倒是認識不少姓陳的，可他們也猜不出那位陳小姐到底是哪一位。

大夥七嘴八舌地討論，終於有人發現我格外沉默。

「小蘇妳也說說看。」張姊點名了我這個後輩。

看樣子是逃不過了。

我清清喉嚨，沉痛地向張姊和小熊道歉，「我對不起妳們，我有件事要坦白，其實我……」

「其實妳是男的？」這是張姊。

「其實妳要回老家繼承千萬遺產？」這是小熊。

「不，我只是要說……我交了一個女朋友。」

「女朋友？也還好啦，現在跟以前不一樣了……不錯嘛，加油喔。」張姊拍拍我的肩膀，給我鼓勵。

最激動的要屬小熊。

「什麼！」她喊到破音，兩隻手抓著我的肩膀死命搖晃，「妳交女朋友了？妳居然沒有告訴我，妳這樣對得起我嗎？虧我還是妳的麻吉耶！妳一直保密，該不會是想等到妳們結婚發帖才要跟我說吧！」

嗯，就算我結婚發帖，我覺得妳大概也不敢來冥婚現場。

而且小熊其實早就看過陳小姐，只是在說明很麻煩的緣故下，她忘記這件事而已。

小熊搖得我快暈了，我趕緊拉開她的手。

「我還沒說完。」我看天看地，就是不敢看向面前的人，「我的女朋友，她……不是活的。」

「怎麼可能不是活的？」刺青男聽了不禁哈哈大笑，「小姐妳也太有趣了吧，妳女朋友難道是鬼嗎？」

其實是地基主，但說鬼也可以。

刺青男笑著笑著，發現我沒笑，他的笑容不自覺凝住，眼神也漸漸震驚。

「該不會……」管理員的瞇瞇眼瞬時睜大了，他的反應比刺青男快，「妳就是……」

「……我就是那個陳小姐的女朋友。」

我說完，全場靜默。

張姊目瞪口呆，小熊瞠目結舌，刺青男及管理員和我是陌生人，但他們的表情也差不多。

這大概是我人生中最受注目的一次。

我想著該怎麼跟小熊、張姊解釋，一陣驟然響起的熱烈拍手聲倒是替我將大家的注意力引走了。

掌聲落下，先是出現一雙包裹黑色網襪的大白腿，再來是上半身跟一顆腦袋。

網襪小姐再度現身在我們面前。

除了脖子上繫條繩子，網襪小姐看上去就和普通人一樣，這讓怕鬼的小熊見到她也不會心生害怕。

「好啦，看過來、看過來。」網襪小姐又一次拍拍手，吸引我們的目光，「歡迎參加西區地基主敦親睦鄰活動之……求生遊戲！」

哈囉，敦親睦鄰跟求生遊戲八竿子打不著吧。

你們這樣搞會不會太沒邏輯了？

就很離譜。

不只我一人這樣想，張姊等人的表情也都如此。

管理員倒是雙手合十對著網襪小姐拜了拜，可能是猜出她地基主的身分。

網襪小姐才不管我們怎麼想，重要的是她怎麼想。

「我來簡單說明一下規則吧，開放用手機錄影、錄音，不過遊戲結束後統統都會消失，包括你們在這裡的記憶。遊戲玩家不只你們幾個，但你們不會碰到其他人，他們也不會碰到你們，就當是在打副本吧。」

我舉起手，「副本是什麼？」

幫忙解釋的人居然是管理員，「就是同一個關卡，可能有不同隊伍一起進去，但每個隊伍所在區域都是獨立的。」

「大哥你也在玩遊戲嗎？」刺青男眼睛一亮，一連報了好幾個聽起來像遊戲的名字，「這些有玩嗎？有的話先加個好友，我們回去可以組隊。」

小熊對這個倒沒興趣，她都是玩單機的，最大愛好是抽卡抽男人，號稱擁有三宮六院七十二男妃。

兩男很快湊在一起交換情報，網襪小姐則繼續爲我們說明遊戲方式。

「你們五位是一起行動的同伴，必須替關主達成願望，達成願望之前，也要小心會突然冒出來的鬼怪。」

「鬼怪會攻擊我們嗎？我們會受傷嗎？」張姊馬上發問。

「怎麼會呢？」網襪小姐搖搖手指，「我們可是安全合法又健康的遊戲，頂多是被番茄或奶油糊一臉吧。看到那個了嗎？」

網襪小姐的手指往上面一比，我們不約而同往那方向望去。

有個大大的計時器浮在上頭，跳動的數字顯示出它正在倒數，還有約一分鐘就會歸零。

「等時間跑完，屬於你們的關卡就會自動打開，有關關卡的詳細規則也會出現。每個關卡都由一位地基主負責籌劃，會進到哪一關都是隨機。沒有外援，不能打電話，尤其是不能找陳小姐，只能靠你們自己的力量，希望大家一起享受遊戲的過程。以上，還有什麼要問的嗎？」網襪小姐笑咪咪的，看起來很好商量。

「我。」我的手又一次舉起，「能不能直接躺平認輸？」

玩完全程感覺太麻煩了，我更想當一條從頭躺到尾的鹹魚。

「可以啊。」網襪小姐笑容不變，「放棄的話，要被罰海盜船三十次、雲霄飛車三十次、旋轉咖啡杯三十次，最後再來個大怒神三十次。附帶一提，輸的話也是同樣懲罰喔，我們可是花了很多的心思才想出這麼有趣的懲罰，你們感不感動？」

面對網襪小姐神采飛揚的大大笑臉，我們所有人只有一個共同想法。

噫！不敢動、不敢動！

隨著計時器數字歸零，網襪小姐消失了蹤影，就連周遭白霧也退得一乾二淨。

濃闃的黑夜在我們頭頂上展開，腳下是硬實的泥土地，前方還矗立著一幢灰白色洋樓。

洋樓沒有亮燈，每扇窗戶都像黑黝黝的眼洞。大門前是一處平坦的小院子，栽種不少花卉和一棵歪曲的樹木，樹上垂掛著一條繫成一個圈的粗麻繩，繩下正對著一口井。

不知哪裡傳來了長長的狗吠聲，嗚嗚噎噎，像是在吹狗螺。

傳統說法，狗在吹狗螺，就代表著牠們可能看見了鬼。

眼前場景莫名陰森，小熊臉色微白，終於感到害怕。

「小、小蘇……」小熊往我身邊靠，下意識抓我的手，「這裡會不會有……」

「別擔心。」我安慰她，「除了我們之外，接下來出現的肯定都不是人。」

小熊看起來更想哭了。

「唉，好像比想像中麻煩啊……」張姊長吁短嘆，剛才的雄心壯志消失大半，「想回家追劇了。也不知道這邊有沒有網路，但看影片又很吃電，我沒帶行動電源在身上呢。妳們有嗎？」

我和小熊一致搖頭，張姊想問刺青男和管理員，卻發現他們已經在小庭院裡東看西看，似乎在尋找什麼。

「找寶箱。」刺青男仔細撥開花叢，頭也不回地說，「要先確認有沒有道具可拿。」

「找存檔點。」管理員往井內探視，「如果有，就算失敗應該也可以讀檔重來。」

這兩人感覺比我們認眞太多了。

我撓撓臉頰，覺得自己是不是也該做點事，例如表演一下現場躺平之類的。可惜我的願望沒成功，小熊驀然加大拉我手臂的力道。

「上面！大家快看，上面！」小熊忙不迭用另一隻手指著天空。

黑夜裡出現發光字體。

字是一個個陸續跳出來的，彷彿有雙看不見的手躲在夜幕後敲著鍵盤。

洋樓女主人即將出嫁了，她有個願望想達成，想要再看一次她最常欣賞的花朵。那是一朵怎樣的花呢？快集結眾人的智慧將那朵花送到她眼前吧。

女主人會慢慢移動，如果讓她走出洋樓外，就表示任務失敗。請做好搭乘海盜船三十次、雲霄飛車三十次、旋轉咖啡杯三十次，最後再來個大怒神三十次的心理準備。

尋花過程中，玩家可能遇到不同鬼怪，請注意安全，記得發揮團結友愛的精神，嚴禁摸魚偷懶當鹹魚。祝大家玩得愉快，不接受任何投訴和抗議喔。

最後附上一個大大的笑臉，夜空中的發光字體才慢慢消退。

「雖然沒有寶箱，不過有打怪……不錯不錯，遊戲就該這麼玩。」刺青男精神都來了，「大哥，你說我們先找花還是找能打怪的工具？」

「那棵樹看起來挺不錯。」管理員雙手揹後，氣定神閒地指點江山，如同深藏不露的高人，「繩子拿下來，樹枝折幾根，作爲臨時工具應該還可以。還有那口井，我剛看過了，裡面掛著一個木頭水桶，也可以拿來用。」

刺青男是個行動力強的人，馬上跑到那棵歪曲樹旁，肌肉鼓起，用力折斷了掛著繩子的枝椏。

樹枝、繩子，到手。

再把垂掛在井內的水桶拉上來，連上面的繩索一併拆下來使用。

水桶、又一條繩子，到手。

相較兩名男性的精神抖擻，我們三個女人都有點提不起勁。

「我真的想回家了……」張姊的肩膀更往下垂，「回家看劇不香嗎？我幹嘛要想不開呢？」

「張姊加油！想想老闆雞雞將被拉鍊夾到的樣子，還會有慘叫聲當BGM喔！」我試著鼓舞張姊，然後瞥見管理員和刺青男的表情更加一言難盡了。

老闆未來的苦痛似乎大大振奮張姊的精神，她重新打直背脊，恢復原本的颯爽神態。

刺青男又折了兩根樹枝，確保大家手裡多少都能拿個臨時防身用的工具。

就在這時，閉闔的紅木門板自動打開，發出「拐咿」的一聲，猶如有氣無力的呻吟，門內亮起了慘白的燈火。

不管從哪個方向看，整幢洋樓都寫著「我有問題」幾個大字。

從外面看，洋樓一、二樓燈光大亮，一扇扇窗戶透出光芒，還映亮了其中一扇窗邊的一抹人影。

那扇窗前垂著簾幔，只能瞧見人影留著半長髮，從體型看，似乎是名女性。

想必就是這棟洋樓的女主人吧。

這念頭剛閃過腦海，就見到窗簾被一隻手掀了起來，讓人漸漸看清那道人影的面貌。

先是腰、胸、脖子，最後是……

我的思緒驟然卡住，嘴巴不自覺張得大大。

小熊則是直接猛地倒抽一口氣，死命往我身後躲。

「我靠！」張姊連連後退了幾步，要不是我長得比她矮，她可能也要往我身後塞了。

洋樓裡的那名女人，沒有臉。

但她的臉部也不是光潔如雞蛋，而是盤踞著一團詭異的紅黑漩渦，線條不停轉動，只盯了數秒就覺得毛骨悚然。

最健壯的刺青男一動也不動，似乎不為所動，可下一秒他雙腿一軟，一屁股跌坐在地。

好的，拉拉熊猛男看樣子也被嚇到了。

管理員倒是默默掏出手機，取角度為洋樓女主人拍了幾張照。

「很有藝術美感。」管理員看著螢幕，對作品很滿意，「要是照片能眞的帶回去現實就好了，我一定把它洗出來，問看看主委能不能掛在我們大樓裡。」

拜託別啊！那種照片看了只會讓人作惡夢！

大哥你眞不愧是個狠人。

和管理員一比，我們簡直弱爆了。

我忍不住也往口袋掏了掏，不是掏手機，我才不想把那種恐怖的東西存在相簿裡。

是掏菸。

我決定抽根菸壓壓驚。

菸味讓刺青男回過神，下意識往我看過來。

「來一根嗎？」我把香菸盒遞向他。

「我也來一根。」張姊抽走一根菸，跟我借了火，先深深吸一口，再吐出一個完美煙圈。

「大哥你要嗎？」我把香菸盒遞給管理員。

「不了，我戒菸很多年了。」管理員擺擺手。

小熊跳離我身邊，伸手揙了揙，她不太喜歡菸味。

「小蘇快看，她是不是要進去了？」小熊注意到窗邊女人轉過身，接著正如她所猜測，對方離窗戶越來越遠，一會兒後看不見那道身影了。

「不，她不是要進去。」張姊手指微顫，菸灰跟著抖落。她又吸了口菸，像在穩定心緒。

等到第二個煙圈慢慢吐出，張姊這才用被煙氣熏得微啞的嗓音說：「她是要出來了。」

光想到那外貌嚇人的女人會走出洋樓，小熊的臉色一直維持著發白狀態。

她緊抱著我的手，恨不得能跟我成為一對連體嬰。

看在認識多年的份上，連體嬰我是不介意，但胸部可不可以別老往我胸口壓？

我知道我平，但再壓下去可能就要凹了。

我拍拍小熊的手，設法為她加油打氣，總之要先為我胸部的發展性做點努力。

「小熊，想想妳的獎勵，順利過關妳就可以抽到妳心心念念的男人了。」

「沒錯……抽卡抽卡，我要抽到五星男人！」小熊喃喃自語，像在給自己壯膽。

這辦法看樣子很有用，小熊很快又重新挺起胸來了。

「為了男人和能量場，衝鴨！」小熊握緊拳頭，精神振奮。

「哪邊的能量場？」我的好奇心飄出來了。

「我也不知道耶，網襪小姐說到時會給我地址。她還說……」小熊撓撓頭髮，努力回想。

「我想想喔，她還說那地方風水好、能量強，是一棟五樓老公寓，有八團能量體在。最強的是老大，擅長一巴掌打飛孤魂野鬼，剩下七個是手下。小蘇，原來能量體還有分老大、小弟的喔？」

「這我是不清楚啦……」我含糊地打太極，不知道該不該告訴她，那聽起來實在有夠像我家。

陳小姐外加鄰居ＡＢＣＤＥＦＧ，人數符合了，陳小姐的特殊技能也符合了。

而且鬼的確也算是能量的集合體。

只是面對小熊閃閃發亮的眼神，我實在不好意思潑她冷水。一來她嚮往的能量場其實是個大凶宅，二來在那抽卡……

是沒用的。

親身示範，就算陳小姐按著我的手，五星角色死都不肯降臨，保證讓人一路非到懷疑人生呢。

不管如何，我還是別說出來好了，不然小熊恐怕就要現場表演倒地不起。

「現在，大家應該趕緊找花吧。」刺青男說。

「要找出洋樓女主人最常看的花……」張姊看看方才有人影出沒的那扇窗，又看看我們身處的庭院，「應該就是這院子裡的某一種吧。」

「萬一、萬一……」小熊似乎想到那女人的臉，不禁打了個哆嗦，「萬一她很快就走出那間屋子呢？」

「沒那麼快。」管理員說：「她剛剛完全離開窗戶到讓我們看不見，花了快三分多鐘，這表示她移動很慢。」

不愧是把那個漩渦女主人當藝術品的人，連這點細節都記得一清二楚。

接下來的計畫很簡單，我們分頭在這處院子裡找花，只要看到不同的花就先摘一朵起來。

一言以蔽之——

辣手摧花行動，開始！

站在洋樓前面時還沒感覺，等我們開始找花時，才發現院子比想像大許多。

我們五人分兩邊走，刺青男和管理員從左邊，我們三個女人從右邊，走到洋樓後面自然會合。

我們的宗旨只有一個，那就是辣手摧花。

只要發現不同種的花就摘一朵，等大家碰頭後再一起把花帶進洋樓，拿到那個漩渦女人面前。

天空昏暗，濃厚的夜色覆蓋其上，沒有星光和月光照明，只能靠著洋樓內透出來的燈光及手機手電筒的光芒。

花圃內花朵品種眾多，有些乍看相同，但再仔細一觀又會發現葉子或花瓣上紋路有些許不同。

我們幾個對植物不甚了解的人簡直看得眼花繚亂，最後保險起見，就算長得一模一樣也多拔一朵。

五人速度還算快，大約半小時左右就把能摘的花都摘下來了。花量大得放滿整個水桶還不夠，必須再用兩隻手抱著，這也讓我們之前找的防身工具只能艱困地夾在臂彎或是掛在脖子上。

好在洋樓裡燈光足以照明，讓我們走回大門前的路上不會跌跌撞撞。

「這畫面感覺有點詭異耶……」小熊瞄瞄其他人，「大家捧著花像是要參加什麼活動。」

「沒說錯啊，的確是在參加活動。」我幫助小熊回想，「地基主敦親睦鄰活動。」

「敦親睦鄰和求生遊戲這幾個字是絕對扯不上關係的。」張姊吐槽。

「這讓我想起以前追我老婆時啊，我也是三不五時就送她一大束花……」管理員陷入了回憶。

刺青男的臉色莫名有點發青，就連抱著花束的姿勢也很奇怪，儘可能地遠離自己胸口，彷彿那些不是花，而是有毒的危險物品。

「你對花過敏嗎？」小熊問向刺青男，「不然把花再分給我們？」

「不是。」刺青男愁眉苦臉，「我沒有過敏，我就是……不太喜歡碰花花草草之類，我怕上面有蟲子，那種軟軟……」

「停！」小熊忙不迭大叫，「不用說那麼仔細，我不想聽！」

幸好小熊幫忙喊停了，不然刺青男再說下去，我腦袋裡也會控制不住地浮現那些畫面，那會讓我忍不住全身發癢。

我們走回了洋樓大門前，門扇還是敞開的，像隨時歡迎我們踏入。

「這樣感覺任務好像挺簡單的？接下來只要把花拿到那位小姐面前就結束了吧。」小熊身體不再那麼緊繃，「我本來還以為會碰到更恐怖的事情。」

「啊！」我來不及阻止小熊，「妳……」

「什麼？什麼？我怎麼了？」小熊被我的反應嚇一跳。

我痛心疾首地看著她，「妳插旗了啊！」

「什麼意思啊？」刺青男不解地問道。

我還沒開口，反倒管理員替我解釋了，「就是事情的發展往往與說出來的相反。例如電影裡常有角色會說我打完戰後要回老家結婚，然後那個角色大概不用三分鐘就死了。」

「噫呃呃呃！不是吧？」小熊嚇得六神無主，「難不成我們也要……」

「這妳倒是想多了，這是健全向遊戲，不會有危險的。」我趕緊口頭安撫小熊，免得她嚇過頭反而做出什麼暴衝行為，「照妳剛才的發言，我猜……」

「妳猜？」

「頂多是準備要見鬼了吧。」

小熊的插旗和我的預言都實現了，眞是不幸。

我們剛踏進洋樓門口沒多久，那扇有著漂亮雕花的木頭大門霍地用力關上，發出了嚇人的聲響。

緊接著，燈火通明的屋內陷入伸手不見五指的黑暗，立刻引起連串驚呼。

「怎麼回事？燈壞了嗎？」刺青男緊張地嚷。

「哇啊！我什麼也看不到，小蘇妳在哪裡啊？」小熊的聲音聽起來快哭出來了。

「我在妳旁邊，妳正踩著我的腳。很痛，靠杯痛。」我的聲音大概也快哭出來了。

「報個數。」只要不面對蟑螂，張姊似乎總能保持冷靜。

「有人有手拿手機照一下嗎？」管理員也很鎭定。

拿手機照明的確是最快的方法，遺憾的是我們都分不出手，除非先把抱著的花放下。

還沒等我採取行動，眼下驟然出現的微光讓我吃驚地瞪大眼。光是從花朵上傳出來的。

更正確的說法是，這些花在發光。

我連忙左右張望，果然也在幾個位置看到了青白色的光芒，把每個人的臉都照得青恂恂，相當有鬼片風格。

小熊差點被自己人嚇到又發出尖叫，好在張姊反應迅速，立刻喊了一聲，「別喊，自己人，不是鬼！」

「天啊，差點嚇死我了……這光也太可怕。」小熊看著彼此的花束，對光的顏色很嫌棄，「都這種場合了，好歹來點暖色系的光嘛。」

小熊把花束充當手電筒，往四周照射，然後她瞬間僵住身子，如同被下了定身術。

「小、小蘇……」小熊語氣虛弱地說：「我是不是、是不是看到有隻熊飄在空中？」

不能怪小熊一副快要昏過去的模樣，我們的正前方不知何時確實出現了一隻泰迪熊玩偶。

只不過和普通的泰迪熊不一樣，它是浮在半空中，眼睛掉一隻，嘴巴的地方被線扭曲地縫住，泰半毛上還沾著深紅污漬，如同濺滿了血漬。

一看，就知道是隻很有故事的熊。

但我一點兒也不想知道它身上發生過什麼事故。

「啊，怎麼不是拉拉熊？」刺青男在意的點比較特殊。

「一、二、三、四、五，五位客人，請跟我來。」尖尖細細的聲音從泰迪熊的肚子裡冒出來，它往前飄了飄，示意我們趕緊跟上。

當我們五個人的花束湊在一起，青白色的光頓時壯大不少，也讓周邊景物輪廓清晰許多。

我們似乎不在原來的地方了。

或者說，洋樓內的環境產生了變化。

本來該是客廳的地方如今變成一條狹長彎曲的走廊，曲折的角度讓我們的視野受限，彎過轉角才能看見下一處景象。

小熊迅速往我身後鑽，無論如何也不想走在最前面。

最後和我一塊走在前端的是管理員，他神情鎮定，像是見慣了大風大浪。

「在不同大樓待了那麼多年，再怎麼稀奇古怪的事都看過了。」管理員搖頭晃腦，沒有猶豫地跟著前方的血腥泰迪熊踏出第一步，「走就是了，別怕。」

「天啊小蘇……」小熊湊在我身後低呼，「你們那個管理員大哥也太帥了。」

「醒醒，人家有老婆了。」我也回予氣聲，換來小熊的一陣用力拍打。

泰迪熊帶著我們沿著通道持續往前走，兩側都黑漆漆的，就算有像鬼火般的發光花也映不出黑暗之後的東西。

不知道什麼時候，屋子裡開始傳出嗚嗚噎噎的哭泣聲，一抽一抽的，我真怕對方哭得喘不過氣。

但這種場合倒是讓我想到了鬼屋。

我指的是遊樂園鬼屋或是那種試膽遊戲類型的。

我們現在這樣，真的挺像是在鬼屋裡闖關。

「前面好像……有個人？」張姊雖說走在後面，但她的身高讓她可以越過我看見前方。

正如同張姊所說，就在前面不遠處，有個男人的身影靠在牆邊。

他那裡自帶燈光效果，不知從何而來的青光打下，照出他的身影。他頭抵著牆，一身縐巴巴的西裝，手裡還提著公事包，看起來就像疲累的上班族。

張姊的高跟鞋在通道間發出了噠噠噠的聲響，又被這個狹長的空間放大許多。但前面那個男人好似沒有聽見，依舊將頭抵在牆上，猶如在那紮根不動。

「我們要叫他嗎？會不會也是跟我們一樣，被拉進來玩遊戲的人啊。」小熊小小聲地詢問，覺得人多好壯膽。

「不要！」我和管理員異口同聲地說。

「等等妳走過去看就知道了。」我回頭對小熊說。

泰迪熊在空中轉了一個圈圈，用僅剩的一隻鈕釦眼睛看著我們，「要加入他嗎？加入就可以從這遊戲解脫了喔。」

像是在附和泰迪熊的話，頭靠著牆的男人也開始窸窸窣窣地低語。

明明他離我們還有一小段距離，然而那聲音宛如直接貼附在我們耳邊，快速又毫無停頓地不斷喃喃。

「要一起來嗎？靠著會很舒服喔，什麼都不用想，就像升天一樣。快跟我一起把頭靠在牆上，學學我，你們就會覺得輕鬆了，再也不用那麼辛苦了。」

「靠，他是不是吸毒吸壞腦袋了？」刺青男壓低音量，「這種人絕對別靠近啊。」

說什麼我也不會靠近那名男人的。

小熊在我後面，看不清楚前方光景，可我和管理員卻看得一清二楚。

那名西裝男人哪裡是把頭抵在牆上，他分明是半張臉都埋進牆裡面了。

在青白幽光映照下，說有多詭異就有多詭異。

很快地，後面的小熊和刺青男也瞧清了，刺青男爆出一聲低低的「幹」，小熊則是吸氣一聲。

「真的不加入嗎？」泰迪熊還在勸誘著，「加入就能從遊戲解脫了。」

沒人想鳥它。

泰迪熊還在喋喋不休地說著，不外乎就是要我們學學西裝男，把頭貼上牆面，它說得我們都煩了，偏偏還堵不住它的嘴巴。

它的嘴本來就是被線縫住。

「小熊，幫我拿一下花。」

我聽見張姊突然說話，走在前面的我看不見背後人的動作，不過沒多久我就知道張姊是在做什麼了。

一隻高跟鞋有如黑色流星從我身後飛了出來，快狠準地將空中的泰迪熊擊沉。

世界清靜了。

泰迪熊顯然沒想過自己會遭到攻擊，它從地面重新浮起來的時候，整隻熊都變紅色了。

像被血染紅的那種紅。

它全身顫抖，抖得身上的紅色液體都淌落下來，在地面形成點點滴滴的散濺形血花。

但奇妙的是，它一邊抖還一邊偷瞄張姊，然後全身變得更紅了。

我突然不確定它是氣的還是羞的。

如果是後者，那我猜它恐怕是隻抖M熊，有被虐傾向的那種。

沒了泰迪熊的碎碎唸，我們越過那名西裝男人，繼續往前走。

周圍景觀不知不覺改變了，原本聳立在兩側的牆面消失，我們像是走進某人的家裡。

總之就是走進了一個很常見的小公寓空間。

這可眞奇妙，明明我們是走進洋樓裡，但洋樓內又像是能通往其他地方。

在青白幽光的映照下，還能大致瞧見公寓內的輪廓。

格局是開放式的，可以看到廚房、客廳與臥室接連一塊，臥室上邊還有一處像是儲物用的小閣樓。

放眼望去，沒有奇異的人影，也沒有什麼不對勁的地方。

從路線來看，我們必須通過整個空間，走到臥室那的那道門才可以出去。

全身通紅的泰迪熊這次很安靜，它一直忙著偷看張姊。

我們抱著花謹愼地往前走，從廚房走到客廳，然後就聽見沙沙沙的聲音從某個地方傳來。

像是什麼在蠕動，像是什麼在爬行，響動不大，卻令人無來由地頭皮發麻。

「不會是小強吧……我雞皮疙瘩要出來了，小蘇、小熊幫我看清楚一點兒。」張姊的聲音壓得小小的，好像怕自己音量一大，會驚動可能躲藏在角落的黑色流星ＡＢＣ等等。

「大家注意點兒，花不要貿然往陰暗的地方照過去。」管理員難得用了嚴厲的語氣，「我以前在別的大樓裡曾看過角落有一團黑色東西，以爲是布或是什麼，結果手電筒光一照，居然是一大群蟑螂聚在一塊。」

我抖了抖，覺得這比暗處躲著鬼還恐怖。

在管理員的提醒下，我們小心抱著發光的花，決定別去管陰影裡是不是躲著什麼，總之先離開這個房間。

可越靠近臥室，那個沙沙聲就越發明顯。

「喂，你們看，上面！」刺青男冷不防用氣聲說話，「上面是不是……好像有東西？」

我們下意識停了腳步，目光往上方移動。

那個位置正好是臥室的閣樓。

閣樓邊側隱約有團黑色的東西在慢慢挪動，沙沙聲就是它們發出來的。

大夥都想到了管理員剛說的蟑螂，一時誰也不敢將花舉高往那地方照，免得蟑螂瞬間被嚇得逃竄，我們也要跟著尖叫逃竄了。

可很快地，我們就發現到那不是小強、大強，或是會飛的強。

「小蘇，我是不是看錯了……」小熊乾巴巴地說：「我好像看到……」

「如果妳看到的是頭髮，那恭喜妳沒眼花。」我的嘴巴也有點發乾，即使理智提醒我該趕快抬起腳往前走，但該死的好奇心卻綁架了我的身體，讓它動彈不得。

然後我就後悔了。

我聽見小熊在我身後發出了不成調的虛弱悲鳴，就連身旁的管理員也震了下身體。

不知道張姊和刺青男此時是什麼反應，但我想應該都差不多。

眼前的畫面太他媽的嚇人了。

從閣樓上垂下一綹一綹的漆黑頭髮，那髮絲又粗又大，乍看下還以爲是黑色的粗繩子從上面垂下。

那些沙沙聲就是頭髮在閣樓地板上刷動出的音響。

黑黝黝的長髮不停地往下垂放，它們垂得越長，就越能看見有張臉也跟著往閣樓地板外緣靠近。

一張白色的女人的臉。

一張巨大的白色的女人的臉。

那張臉幾乎把閣樓都佔據了，臉上的兩顆眼珠子轉動，像在看著我們。

泰迪熊嘻嘻地笑起，細細的笑聲在這環境裡顯得格外嚇人。

「她在找室友，你們誰要當她室友呀？陪她一起住在這啊。」

巨大的女人臉也笑了，咧開的嘴巴簡直像能一口氣把我們好幾人的腦袋都吞進去。

誰都不想接近那張恐怖大嘴，我們本能地一顫，雙腳猝然加快，急急地朝著嵌在臥室牆上的門衝過去。

這個舉動似乎觸怒了閣樓的女人臉。

她五官扭曲，發出類似獸類的咆哮，長髮更是迅速垂曳在地。

「她要室友，她要室友，留下來，當她室友！」泰迪熊像在唱歌跳舞地轉圈圈。

殿後的刺青男扯著嗓子吼，「那些頭髮追過來了！」

回頭一看，就見那些頭髮竄爬得飛快，猶如疾速前進的黑蛇，幾個左右拐彎就逼至我們周遭，像一張大網準備把我們全撈住。

情急之下，我豁出去地大叫一聲，「妳有問過我室友的意見嗎？西寧區陳小姐就是我室友！」

鋪在地板上的頭髮霎時全數停住，像是來個緊急煞車。

閣樓上的女人臉面露驚恐，下一秒用最快速度縮回閣樓內，包括那些垂下的頭髮也「咻」地都收了回去。

眨眼間就把自己存在過的痕跡消除得乾乾淨淨。

小熊他們目瞪口呆，其實我也目瞪口呆，還真沒想到「陳小姐」三個字的威力如此強大。

「那個陳小姐……是小蘇妳女朋友吧。」好一會兒，張姊驚嘆地開口，「她到底是做什麼的？」

嗯，做西寧區地頭蛇的。

靠著陳小姐的威名，我們一行人安全地脫離小公寓。

一踏出那扇門，面前景象又是截然不同。

但也截然不同得太誇張了吧。

「我們這是來到了……好○多嗎？」小熊大吃一驚地東張西望，手裡的花沒忘記要抱得緊緊的。

不只小熊這麼想，我們幾人也是類似看法。

呈現在我們眼前的是一個大得驚人的儲藏空間，一排排置物架高到觸及天花板，置物架之間再隔出多條寬敞的走道。

乍看下眞的很像是進到了臺灣人超愛的美式商場。

只不過，這個商場的顏色是紅的。

從地板、天花板到矗立如林的置物架，全是不同深淺的紅色。

一個紅色的商場。

而那些置物架上還擺了琳瑯滿目的……疑似商品的東西。

會用「疑似」這兩個字，是因爲從我們這裡看不清楚，只能瞧見有許多物品整齊地排列在上。

當我們走近一看，在青白光芒的照明下，看清了貨架上的那些價格牌。

「可能讓地基主脫離單身的雞腿便當……」我慢慢唸出其中一個物品的名稱。

「可能讓鬼獲得智商的鱈魚便當？爲什麼鱈魚便當可以增加智商啊？」小熊震驚地喊，「這太不科學了！」

「我們現在在這早就不科學了。」張姊冷靜地安撫著，「我看看我這邊是什麼……可能讓鬼降低智商的羽絨衣？啊？這到底是什麼鬼東西啦！」

看樣子這裡的品項太稀奇古怪了，連張姊的理智線都斷裂了數秒。

刺青男和管理員沒有和我們離太遠，我們在走道的右邊，他們在走道的左邊看。

大夥還在納悶這地方該不會眞的是鬼專用的商場之際，另一端忽然傳出了一陣喧鬧聲響，緊接著是急促的奔跑聲。

這下子誰也沒心情看那些架上商品了，大家立刻擠靠一起，靠著花束集合起來的光團瞧清聲音來源。

竟然是一大群小孩子。

只不過他們和普通小孩差最多的地方在於，他們不是頭凹一塊、眼珠掉在外面、手腳扭曲成奇異角度，就是腦袋和身體不在同一面。

總之千奇百怪，專門挑戰正常人的心臟。

一下子看到那麼多鬼小孩，包括我在內，我們都只想往後退，但對方顯然不打算給我們這個機會。

他們就像是橫衝直撞的魚群，眨眼間逼至我們周遭，把我們的退路堵得一點兒也不剩。

在這種近距離下看，這些小孩只讓人退避三舍。

他們齊齊對我們咧著嘴笑，笑得我們心裡發毛。

「他們……他們想幹嘛？」小熊戰戰兢兢地說。

我也想知道他們到底想幹嘛，可惜我沒有讀心或通靈的能力。

「嘻嘻。」

「呵呵。」

「來……來找。」

鬼小孩仰著臉，一雙雙如窟窿的黑漆漆眼睛全盯著我們，有的人身下還在滴滴答答流著血，血腥氣鑽進我們的鼻腔內。

常見鬼跟看習慣鬼眞的是兩回事。

要不是我天生表情變化少，此刻在眾小鬼的逼近下，只怕早就扭曲五官，和他們一起來比誰的嘴巴大了。

他們是笑的，我是慘叫的。

我們幾人背貼著背，我甚至可以感受到小熊和刺青男都在發抖，搞得我也要一起抖起來了。

就在這時，一路上血色都沒褪掉的泰迪熊又飛回到我們面前，它轉著圈圈，講話的腔調還是像捏著嗓子般的尖細。

「捉迷藏即將開始，數到三——一、二、三，躲！」

我們起初以為泰迪熊是要我們躲起來，然而我們還沒有任何動作，那些鬼小孩已先一哄而散。

他們嘻嘻哈哈地往不同走道跑，然後動作靈活地攀爬上那些架子，再鑽進裡面趴著不動。

「該不會……」管理員驚訝地喃喃，「是他們躲？」

「可是躲得太明顯了吧。」刺青男對此深感不解，「一看就知道他們躲在哪裡了。」

「看起來也不像是要我們去找……」張姊越看越疑惑，「我們都看見他們躲哪了嘛。」

小熊沒有發表意見，她依舊忙著縮在我身後瑟瑟發抖。

我們還沒討論出實際點兒的意見，紅色商場的紅色大門外冷不防又傳來一陣驚天動地的奔跑聲。

差點以爲有象群過境。

暗紅大門「砰」地從外面推開，一堆黑壓壓的人影擁了進來，他們的腳步重重踏擊著地面，發出驚人聲響。

「我靠……」我長長倒吸一口氣，聽見旁邊的張姊和刺青男一起加入了吸氣行列。

管理員還是比我們這群人鎮靜許多，不過我注意到他的雙腳也抖了一下。

如果說剛剛是群鬼小孩，那麼現在就是群鬼……嗯，一群成年鬼。

這些鬼有男有女，外表跟那些鬼小孩有著異曲同工之妙——我是指眼珠垂吊、腦袋凹陷、皮開肉綻這方面。

男鬼、女鬼不像鬼小孩朝我們一擁而上，而是站在不遠處，不停地四下張望，還可以聽見他們唸唸有詞。

「在哪裡？我家死小孩在哪裡？」

「居然敢打破我的珍藏葡萄酒？」

「連他老娘的戒指也敢丟進馬桶！」

「夭壽死囡仔，還不給我死出來，恁杯絕對要揍得你屁股開花！」

他們不斷地碎唸著，從他們咬牙切齒的語氣可以感受到對自家小孩的濃濃怨氣。

用腳趾都可以想像得到，假如他們家的孩子現在一出現，想必會立刻來個混合雙打，讓孩子當場表演什麼叫哭爹喊娘。

等等，孩子？那些鬼小孩……

不只我，其他人顯然也想到同一處了。

我們飛也似地轉過頭，只見躲藏在架子裡的鬼小孩全都捂著嘴巴，縮著身體，一聲也不敢吭，慘白的臉上寫著驚恐。

「小蘇，那些鬼為什麼都不動？」小熊和我咬耳朵，她指的是那些大人鬼，「聽起來他們要把那些小鬼抓出來，那他們怎麼都不往前？」

「除非……」我下意識接了話，「要找人的不是他們。」

「是我們。」張姊把最後幾字補上。

泰迪熊忽然熱烈鼓掌，笑聲更尖更高，「請在規定時間內，把這些小屁孩送回他們家長面前，送錯的話……」

泰迪熊的兩隻短手捂著被縫起的嘴，這動作它做起來只讓人毛骨悚然。

森寒的四字從熊掌後飄出。

「要、處、罰、喔。」

泰迪熊的條件乍聽下似乎不難，可進一步深思，就會發現是個大麻煩。

重點不是把那些鬼小孩從架上挖出來，而是要把他們確實地送回他們父母面前。

確實，也就是不能弄錯。

必須確保配對成功才行。

「不是吧，這要怎麼找？」小熊一臉崩潰，要她主動靠近那些鬼小孩就是極大的挑戰了，還要她辨認這些小孩的父母是哪一位，簡直要她的命，「嗚嗚嗚，小蘇我好想暈倒……」

「暈了我也不會揹妳。」身為好朋友，就是要坦白以對。

雖然坦白的結果是小熊看起來想用力打我一頓。

管理員突然在這時候主動往那群鬼家長靠近，還把花束往他們面前湊，將一張張恐怖的臉照得更駭人了。

「大哥，你在幹嘛？」刺青男被管理員的動作嚇一跳，連忙三兩步跟上，像個保鏢站在管理員的旁邊。

只是這個保鏢抖個不停就是。

好在那些鬼家長也遵守規則，沒有貿然攻擊，而是持續地碎碎唸，抱怨著自家小孩的調皮搗蛋行爲。

管理員像是在辨認什麼，慢慢地從左走到右，再從右走到左，在那群鬼家長面前來回幾趟後，他在刺青男的護送下回到我們這方。

「接下來聽我的指揮可以嗎？」管理員與我們確認。

雖說不曉得管理員打算做什麼，我們還是不約而同地點點頭。

「好，那就聽我的。首先從第一排第三個架子開始，然後是第二排第四個架子，再來是……」管理員說話起初慢悠悠的，緊接著漸漸加快，就好像他已經把所有鬼小孩的躲藏位置都記下，怎樣也不會忘記。

我們先把花放到管理員身邊，改拿手機照明，否則雙手空不出來沒辦法把躲在架上的鬼小孩抓下。

小熊堅持跟我一起。

「誰都不能把我和小蘇拆開！」小熊撕心裂肺地喊，彷彿旁邊人都是要拆散有情人的反派角色，「誰都不能！」

張姊和刺青男擺明沒興趣拆散我和小熊，都選擇了獨自行動。

對張姊來說，鬼小孩很可怕，但肯定比不上蟑螂。她踩著十公分高跟鞋，俐落快速地衝向管理員說的第一個位置。

刺青男則是一邊大叫「拉拉熊、茶熊、白熊、吉伊卡哇、烏薩奇」，一邊鼓起他強健的肌肉，快狠準地把大掌探向了藏在架間的鬼小孩。

相較起來，我和小熊大概就是弱雞組合。

我們必須兩人合作，才有辦法將趴在置物架裡的鬼小孩拉出，還得小心不要扯到那些跑到肚子外面的腸子。

「啊啊啊！嗚啊啊！」小熊三不五時發出慘叫，「我好希望能閉著眼睛做事啊，起碼看不到就不會怕了！」

「但妳有可能摸到不該摸的東西，例如彳——」

「小蘇妳閉嘴，不准說！」小熊幾乎是尖叫了。

唯一慶幸的是那些躲在架子裡的鬼小孩沒有任何反抗舉動，只要我們抓住他們的手腳，他們就會乖乖地被我們拉出來。

在我們的努力下，主要是靠張姊跟刺青男的努力，總算把躲起來的鬼小孩全都拎到管理員前面。

「大哥，再來呢？」小熊累得掛在我身上，氣喘吁吁地問。

「再來，就交給我吧。」換管理員把花放下，開始將鬼小孩一個個帶到另一群鬼那邊。他走路的姿勢如此瀟灑，如此胸有成竹，如此有高人風範。

「啊！」我、張姊，還有刺青男忽地發出恍然大悟的音節。

「什麼？什麼？」只有小熊如墜雲霧，但沒多久她就明白了。

我們都看見管理員用著驚人的速度和準確率，一個蘿蔔一個坑地成功把鬼小孩逐一送回他們父母面前。

打屁股的啪啪聲和嚎啕大哭聲此起彼落地響起，在紅色商場裡形成一首鬼哭神號般的交響曲。

所有小孩都被送回去了，而從那些鬼父母的激烈反應來看，沒有一個小孩送錯。

小熊看了瞠目結舌，「大哥為什麼有辦法……」

「相信我，他就是有辦法。」我和張姊、刺青男都露出了毫不意外的表情。

畢竟管理員可是把我們全大樓一百五十間公司職員都記住的男人啊。

我們抱著花離開紅色商場，本以為會再回到原來的洋樓空間，可沒想到迎接我們的又是另一個古怪房間。

這房間只有我們進去的那扇門，沒有看見能夠脫離的出口。

除了一個立在牆邊的雙門衣櫃，裡頭沒有其餘家具，地上掉落著一張大概A4大小的紙。

只不過我們剛進來這房間的時候，第一時間沒有發現。

我們的目光被這房間的怪異之處吸引。

顏色。

凡視線所及，全是藍色藍色藍色，深淺不一的藍。

就連衣櫃也是藍的。

剛才是紅色系商場。

那麼這個就是藍色系房間。

「好奇怪啊，剛才是紅的，現在又是藍的……爲什麼會用這兩個顏色？」

小熊喃喃自語。

「因爲自古紅藍出CP？」我想也不想地脫口而出。

「什麼？」小熊困惑地看向我。

「咳，沒事。」我把自己對CP的喜好迅速帶過，抱著花往前走幾步，就發現自己似乎踩到了什麼。

我低頭一看，是一張紙，上面是注音符號表跟其他奇怪的花紋。

但吸引我注意力的不是那些注音符號，而是最上面的兩個字。

本位。

「這張紙是什麼？」張姊湊過來看，越看她眉頭皺得越緊，「本位、注音符號……該不會是我想的那個吧，以前小學時很流行的。」

「是那個嗎？噫，我最怕玩那個了！」小熊恨不得能和那張紙拉開距離。

刺青男低頭研究半天，然後眼神茫然地望著我們幾人，「哪個？」

「你不知道？」小熊大吃一驚，「我以為我們這年紀的都知道耶，就小學時候……」

「廖先生剛畢業沒幾年。」管理員插嘴說道：「他年紀應該比妳們要小。」

我終於知道刺青男姓廖了，但重點是，他竟然比我們還年輕，他的肝還是新鮮的，真令人嫉妒。

「不知道是筆還是錢……」張姊苦著臉，唉聲嘆氣。

「不管哪個都一樣討厭。」我乾巴巴地說。

「所以這個究竟是……」刺青男眼巴巴地瞅著我們，希望能得到答案。

倏然間，空中有個東西平空掉落，在這個藍色房間裡砸出清脆聲響。

當我們隨著聲音來源望過去，映入我們眼中的是一枚金色的五十元硬幣。

錢幣在地面轉了幾圈，不偏不倚倒在紙上的「本位」兩字上。

我和張姊對看一眼，這下子知道是哪個了。

小熊欲哭無淚地對刺青男說：「嗚嗚……是錢仙。」

說起錢仙遊戲，在我們小學有一段時間非常盛行。

除了錢仙外，還有筆仙、丘比特、守護天使等等，名字雖然五花八門，可本質是一樣的。

都是召喚附近的孤魂野鬼來回答問題。

以錢仙遊戲來說——

玩法很簡單，人數不限，但大家的手指都要按在錢幣上，唸一串類似召喚的咒語。如果召喚到錢仙，就可以開始問它問題，錢幣會在紙上的注音符號間遊走，拼出答案。

當然，錢仙也不是那麼好召來的，大部分都是玩家們無意識地用上手指力氣，產生了錢幣自動移動的效果。

可也有極低的機率眞的把錢仙叫來。

我和小熊雖說是國中才認識，但我們家住在同一區，當年都曾聽說過某某小學有學生因爲玩錢仙遊戲眞的出事。

也是在那次意外後，各學校才雷厲風行地阻止錢仙遊戲，不允許它在校園裡出現。

如今在一個擺明有很多阿飄的地方召喚錢仙，不用想都知道肯定會召出某個東西。

「也許……也許這只是房間的一種裝飾，我們可以不用管它的。」小熊提出了一點也不可靠的猜測，試圖忽略錢仙的存在，「我們繼續走吧。」

「已經沒有門可以走了。」我告訴小熊這個沉痛的事實，「連我們過來時的門都不見了。」

「什麼!?」小熊花容失色，不敢置信地回過頭，看見的只有一片光禿禿的牆壁。

我沒騙她，門是真的不見了。

我們現在等於在一個密室裡。

說到密室，就想到密室殺人事件……啊呸呸呸，快住腦啊，我的腦袋！

我緊急切斷腦中的胡思亂想，目光搜尋起泰迪熊的位置，發現它不知何時降落在地，躲在張姊腳邊，一雙短手捧著下巴，擺出有點少女心的姿態。

僅剩一隻的鈕釦眼正痴痴地望著張姊……的腳。

不要問我怎麼從一枚鈕釦上看出「痴痴」兩個字，我就是能。

張姊順著我的視線察覺到泰迪熊，驚惶下反射性把泰迪熊踢飛。

那瞬間，我覺得我看到那枚鈕釦上的痴痴變成了爽。

我們都看到那隻血色泰迪熊飛出了一道漂亮的拋物線，然後在空中一扭身，精準地降落在地上的白紙旁邊。

泰迪熊那張被線縫住的嘴巴微咧出一條縫，讓表情看起來更邪惡。

「來玩錢仙遊戲。」泰迪熊嘻嘻地笑，「必須問出錢仙藏在最深處的小祕密，不然永遠離不開這個地方！」

「每個人都得玩嗎？」管理員問道。

「看你們要幾個人玩都可以，不快一點的話……」泰迪熊語氣鬼氣森森，「洋樓的主人快離開屋子了喔。」

如果洋樓女主人踏出屋子，這個遊戲就算我們輸了。

誰也不想嘗試三十次雲霄飛車、咖啡杯、大怒神和海盜船的滋味。

我們馬上圍在一起開了三十秒的小組會議，得到的結論是……

我們三個女生負責玩，管理員和刺青男守在旁邊，預防危機出現。

「拜託不要真的召出錢仙啊。」小熊哭喪著臉，戰戰兢兢地伸出手指。

「放心，百分之兩百會召出來的。」我也伸出了食指。

小熊一副想要昏過去的模樣。

等張姊也把手指放在錢幣上，我們沉默一瞬，對看彼此，發現了一個小問題。

嗯，召喚錢仙的咒語到底是什麼啊？

「錢仙錢仙請出來？」管理員看出我們的困難，不確定地給出一個答案。

本位上的錢幣猛然小幅度地左右挪動。

顯然這是一位主動過頭的錢仙。

小熊發出了短促的驚叫，忙不迭看向我和張姊，像是想確定是不是我們暗中施力。

「小蘇、張姊，妳們……」

「不是我。」

「也不是我。」

我和張姊分別給出回應，這答案擺明不是小熊希望聽見的，她欲哭無淚地看著我，試圖獲得一線希望。

「恭喜，我們召出錢仙了。」我試探地說了一句，「聽說這比中頭獎還難喔。」

「這種事才沒什麼值得恭喜的啦，我寧願中頭獎！」小熊哇哇大叫，顯然完全沒被安慰到。

要不是記得沒把錢仙請回去之前，手不能隨便抽走，她恐怕第一時間就跳得遠遠的。

「誰先問？」張姊指尖微抖。

我看看小熊，再看看張姊，最後義無反顧地當了第一棒。

「我來吧。錢仙錢仙，你是男的還是女的？」不先問出對方性別，我覺得我強迫症發作會很難過。

錢幣挪動，在紙上拼出了「女」的注音。

「錢仙小姐，妳有沒有骯髒的小祕密？」我又問。

錢仙不肯動，似乎對我的形容詞很有意見。

「錢仙小姐，妳……可以告訴我們妳的祕密嗎？拜託了。」小熊重新修飾我的問題。

錢仙選了「不」。

還沒等張姊換個方式問，錢仙忽然自己移動了，它在紙上遊走，拼出了一句話。

問、別、的。

「要不要問她是怎麼ㄙ……好痛！」刺青男剛開口，就被管理員用力踩了一腳，「大哥，你幹嘛踩我？」

「不要問白目的問題。」管理員的瞇瞇眼撐開，目光犀利，「這是人忌。」

「喔……喔。」刺青男縮了縮脖子，「抱歉，我不知道。」

泰迪熊在旁邊「嘖」了一聲，似乎很失望刺青男沒有問成功。從它的表現來看，我猜要是踩到錢仙的禁忌，估計會有不太妙的事情發生。

「小蘇，妳還有什麼想問的嗎？我一下子想不出來。」張姊交棒給我。

我還真有一個問題非常想問，「錢仙小姐，明天中午吃什麼？」

錢仙停頓好幾秒，然後很大力地在紙上移動。

千、我、屁、事。

「妳幹嘛問這種問題？」小熊小小聲地嘀咕。

「這很重要耶，我每天中午都在煩惱。」我也小聲回話。

刺青男、張姊還有管理員心有戚戚地點頭，這可是上班族的大問題呢。

我們接下來又問了幾個問題，錢仙一一給出答案，只是答案都有點爛，都是「干我屁事」的變形體。

這錢仙眞是有夠不稱職的。

時間靜靜流逝，不知不覺中，我們三人的手指間出現了第四根手指。

刺青男驚恐地「啊」了一聲，小熊的反應更劇烈，直接抖個不停。

「小小小小……」小熊喊著我的名字像跳針，「小蘇，妳妳妳妳……」

我知道小熊想說什麼，我的臉色也有點發白。

第四根手指的主人就緊靠在我身邊。

從眼角餘光看，可以看見那名女孩皮膚青白、布滿屍斑、長髮垂下，只要我稍一轉頭，就能跟她來個臉頰貼貼。

謝謝，我他媽的一點兒也不想跟她貼。

我們都猜得出這位恐怕就是錢仙小姐，而她的出現或許代表某種轉機。

「錢仙錢仙，妳的祕密是什麼？」張姊簡單粗暴地提問。

這一次，錢仙沒有叫我們問別的，只是用她青白的手指操控著錢幣，往各個注音上挪動。

不、記、得、了。

我們面面相覷，換小熊不死心地再問一次。

錢幣移動得飛快，我們的手指像是隨時會被甩下，只能死死地按在錢幣上不放。

不記得不記得不記得不記得不記得不記得不記得……

錢仙沒有停下的意思，還是不停地重複這三個字。

「問別的！」管理員立刻大叫。

「問什麼？」我腦中一片空白。

「問、問……」張姊喃喃自語，倏然間靈光一閃，「錢仙錢仙，肌聯蛋白的英文怎麼拼？」

瘋狂移動的錢幣驟然停住，膚色青白的長髮女孩慢慢扭過頭，不言不語地盯著張姊看。

下一秒，錢仙的手指重新動起，拼出了兩個字。

法、克。

「她這是在……罵髒話嗎？」刺青男猶豫地問道。

「她都能用諧音拼出FUCK了，那張姊說的那什麼蛋白……應該也沒問題吧。」小熊說。

事實上，問題大得很。

肌聯蛋白號稱全世界最長的英文單字，全長共十八萬九千八百一十九個字母，拼完整串大概也要三個半小時。

也難怪錢仙要罵髒話，換我我也罵。

「那怎麼辦？」小熊愁眉苦臉，「問錢仙祕密問不出來，還有什麼重要的事情可以問？難不成直接問這屋子的女主人最常看的到底是什麼花嗎？」

小熊這話一出，簡直驚醒在場所有人。

我們居然忘記還有這個可以問！

張姊迫不及待地發問了，企圖靠這種作弊方式獲得正解。

可惜夢想是美好的，現實是殘酷的。

錢仙的手指按住錢幣，重複地在「不知」兩字打轉。

情急之下，小熊又是靈光一閃，「那洋樓女主人現在在哪裡？這個總可以告訴我們了吧！」

錢仙慢慢地探出頭，衝著小熊咧出一個古怪的笑容，接著她的手指壓著錢幣挪動，首先拼出了一個「她」字。

然後是第二個字、第三個字、第四個字、第五個字。

小熊僵住身體，面色越來越白。

錢仙的笑容咧得更大，她蠕動嘴唇，無聲地把她的答案重複唸了一遍。

她、在、妳、後、面。

小熊現在像尊雕塑了。

她臉上的血色盡褪，眼睛瞠大，嘴唇泛白，從頭到腳都透出了恐懼。她的眼睫連眨也不敢眨，眼珠子慢慢朝右轉，再朝左邊轉，最後定格不動。

沒人知道那道身影是什麼時候出現的。

當我們注意到時，洋樓女主人就已經趴在小熊身後，那張被漩渦佔據的臉與小熊靠得非常近。

「小、小蘇，是不是……」小熊虛弱地擠出聲音。

「是。」我不想騙她，朋友之間就是要坦白、誠實，「那個漩渦小姐，妳知道我在說誰吧。她現在，就在妳後面。」

「啊啊啊啊啊啊！」小熊用高分貝的尖叫回應我，她甚至一時忘了我們還在玩錢仙，馬上就想和女主人拉開距離。

我和張姊眼明手快地用另一隻手大力壓住小熊的手指，不讓她抽離本位。

管理員和刺青男一左一右地撲向女主人，想把她從小熊身上拉開，可還沒成功靠近，就像撞到一堵透明的牆，隨後被大力反彈開。

「別回頭！別看！妳可以的！」我爲小熊加油打氣。

「我不行，眞的不行！」小熊幾乎要放聲大哭了。

「想想妳的五星角，妳的三宮六院七十二男妃！」我高聲大叫。

小熊一震，忽然間好像又覺得可以了。

「花！」管理員腦筋動得最快，立即想到我們之前摘的那些花，他和刺青男聯手，一起把放在地上的花全撒向女主人。

女主人的雙手從小熊背上鬆開，獲得自由的小熊吐出一大口氣，差點狼狽地趴跌在地。

女主人的手一一拂過了那些花，凡是她指尖碰觸到的，就會枯萎凋謝，原本能照明的青白幽光也一簇簇熄滅。

眼看這個藍色房間就要陷入黑暗。

管理員和刺青男趕緊拿出手機，手電筒瞬間照亮。

「爲什麼那些花都枯了？」小熊扭過頭，難以置信地喊，「不可能都不是她要的吧，我們明明把外面的花都摘了！」

「來不及了，你們要輸了，輸了輸了輸了輸了！」泰迪熊的臉在燈光下詭異又扭曲，它在白紙周邊轉著圈圈，宛如在跳慶祝之舞。

「海盜船三十次、雲霄飛車三十次、旋轉咖啡杯三十次，最後再來個大怒神三十次！耶，統統三十次！」

「張姊，踩它！」我拿出同人場搶本的爆發力，一腳猛地朝泰迪熊橫掃過去，將它踢到張姊腳邊。

張姊二話不說，高跟鞋抬起，鞋跟重重踩在泰迪熊的肚子上。

血腥泰迪熊發出了「嗚嗚嗚嗚噢噢噢噢」的叫聲，起初聽起來很像慘叫，可沒過多久我們就看見它在鞋跟下一邊扭動，一邊喊著再多來點兒。

眞的是個變態啊，那熊。

張姊一臉嫌惡地想移開腳，立刻換來泰迪熊的哀求。

「不不不，再多踩一點兒！」

不只是個變態，還是個大變態。

「張姊快問它！」我急急催促張姊，「它一定知道錢仙的小祕密！」

「快說，不說我就馬上挪開腳！」張姊對腳下的泰迪熊放話威脅。

「妳是忘記了，還是害怕想起來？」泰迪熊轉過臉，對著遍布屍斑的錢仙小姐逼問，「那些夜晚，那些都超過半夜三點的夜晚！」

錢仙的臉上露出痛苦的表情，就連身體也微微顫動。

「不、不……別說……」錢仙劇烈搖著頭，像是用盡全身力氣抗拒面對。

「妳就是害怕想起來，害怕那些夜晚裡在妳身上發生的那些事！」

泰迪熊聲嘶力竭地吶喊，揭開了錢仙小姐最不願直面的殘酷眞相。

「熬夜讓妳禿頭還猝死——」

我操，太寫實了！

「啊啊啊啊啊！」錢仙驟然抽回壓在錢幣上的手指，她雙手抱頭，長髮一綹綹掉落，在頭髮掉光前，她爆發出驚人的尖叫，轉眼間消失得無影無蹤。

身為熬夜常客的我、小熊和張姊忍不住也抖了抖，不自覺摸上自己的頭髮。

還好還好，髮量還夠多。

隨著錢仙小姐的消失，錢仙遊戲自然而然通關了，但這個藍色的房間卻沒有出現離開的門。

「怎麼回事？」小熊慌張地東張西望，「我們要怎麼離開這裡？為什麼還是沒有門？」

「對呀，為什麼？」張姊一時鬆了腳下力道，享受完踩踏的泰迪熊趁機飛起。

「我的引路工作結束了，你們就在這裡傷透腦筋吧！」泰迪熊猖狂大笑，馬上飛向牆壁，壁面同時開出了一個小小的出口。

說時遲、那時快，一條繩子如疾蛇甩出，抽上了空中的泰迪熊，讓它當場翻車，直直地往下掉。

接著一個小水桶被人一踢，「刷」地從地面飛快滑過去，不偏不倚接住掉落下來的泰迪熊。

離水桶最近的刺青男反應極快，連忙一腳踩在桶子上，堵住了泰迪熊的出路。

我和張姊反射性爲使出連串漂亮動作的管理員鼓掌。

「大哥你也太厲害了吧！」小熊的眼睛都亮成星星眼了，「你是有練過嗎？你平常都做什麼運動？」

管理員高深莫測地一笑，「健身環大冒險。」

「眞的沒我的事了！」泰迪熊在水桶內掙扎，「我的工作結束了，我要下班了，剩下的事你們要自己解決！你們通關錢仙遊戲，會有新線索給你們，你們得靠那個線索自己想辦法……」

泰迪熊的聲音越來越小，最末消失不見。

刺青男趕緊放下腳，水桶內赫然沒了泰迪熊的身影，只留下一團棉花。

我們幾人你看著我、我看著你，緊接著猛然看向了藍色房間內的另一人。

洋樓女主人。

我們慢一拍地意會過來，和我們待一起的洋樓女主人就是我們要解決的最後問題。

唯有達成她的願望，才能結束整個遊戲。

可是送到她面前的花全部枯萎了。

這只說明一件事，它們都不是女主人要的東西。

「還能去哪裡找花？這房間沒半朵花了啊，偏偏我們又不能離開……」小熊急得快哭出來。

「冷靜、冷靜。」張姊抓著小熊的肩膀安撫，「那隻變態熊說我們會有新線索，那個線索一定跟女主人有關，不然這個遊戲就會卡住進行不下去了。」

下一刻，我們察覺到泰迪熊說的那個線索是什麼了。

女主人臉上的漩渦紋路竟開始減少，漸漸露出光潔的下巴線條，再來是嘴巴、鼻子……

最後，盤踞在女主人眉眼處的漩渦狀也消失了，她的長相完全暴露在我們眼裡。

那是一張很漂亮的臉。

雖然有雙死魚眼，跟一副「老娘啥事都不想做」的厭世氣質，但也絲毫沒有減損她的美貌。

就是無來由地覺得有種熟悉感。

我看著洋樓女主人，腦中翻不出半點相關印象，明明覺得在哪看過，可記憶中一片空白。

這種抓心撓肝的滋味太令人難受了。

「那個女人的臉……怎麼看起來好像在哪看過？」張姊忽然冒出了這句。

我沒想到張姊和我有同感，連忙將期盼的眼神投向她，希望能從她那邊得到正確答案。

只可惜張姊再怎麼絞盡腦汁思索，還是說不出來到底在哪看過。

管理員和刺青男忍不住也好奇打量，很快就搖搖頭，他們完全沒張姊說的似曾相識感。

小熊用力瞧著女主人的臉好一會兒，接著她猛然轉過頭盯著我，再轉回去看女主人。

這樣的動作來回持續了好一會兒，她的臉上驟然浮現恍然大悟的神情。

「小蘇！」小熊指著我大叫。

「幹嘛？幹嘛？」我撥開那隻幾乎戳到我臉上的手指。

「像小蘇啊！」小熊為自己發現眞相而興奮，「開了濾鏡，把美肌模式調到最強的那種！」

我驟然反應過來，立即利用手機螢幕充當鏡子，照出我自己的臉，再看向洋樓女主人的臉。

小熊不說我還沒意識到，眞的是……

這他媽的簡直像是我經過美顏兩百趴的臉。

因爲太美了，一下子沒發現。

不，現在不是讚歎原來把我Ｐ過後會是長成這樣。

現在的重點應該是……爲什麼這個女人會有那麼像我的一張臉？

就連那對死魚眼跟厭世神韻都一模一樣。

對了。網襪小姐曾說過每道關卡皆由一位地基主弄出來……地基主、地基主，搞出這關的人，絕對是陳小姐。

有辦法抓到我這種精髓的人，除了陳小姐不作他人之想。

沒錯，破案了。

可惡，硬了硬了，我的拳頭硬了。

陳小姐竟然瞞著我，私下弄了一個美型版的我出來。

她這樣對得起她的女朋友嗎？

而且之前不是還一起發過誓，不管怎樣都不會動搖她不參加地基主活動的決心。

……不過若是被狼之穴一萬元或一萬元以上的禮券動搖，那我可以原諒她。禮券太香了，真的是一個超級棒的酷東西，我們都需要它。

看著那張臉，張姊驀地被觸發靈感，「小蘇啊，如果換成妳……妳揣想一下，妳平常最常看的花是什麼花？」

我懂張姊的意思，這人長得就是美型化的我，說不定內心想法也會跟我差不多。

問題來了，我對植物沒啥興趣，更別說賞花了，平常看最多的就是……就是……就是……

我忽然像被雷劈到，整個人僵住不動，內心則是波濤洶湧。

靠靠靠，不是吧！

我不敢置信地瞪著那張像我、但又比我美太多的臉，一個荒謬的念頭慢慢湧冒出來。

「妳想到了嗎？」小熊驚喜地追問，「快快快，快告訴我們妳平常看最多的是什麼花？」

我的嘴唇蠕動幾下，卻遲遲凝聚不出具體音節。

我哪可能說得出口啊！

要是能把我的腦內風暴具體化，那恐怕就是狂風暴雨加天崩地裂了，差不多是末日來臨前的景象。

眼看眾人滿懷期待地看著我，我深覺重重的壓力如山壓在肩上，緊接著我深吸一口氣，從包裡翻出紙筆，在沒人看得見的角度草草畫了張圖。

「小蘇妳畫什麼？讓我看。」小熊迫不及待地想一睹花的廬山眞面目。

我把紙死死壓在胸口前，說不給看就不給看。

我靈敏閃過小熊的攔截，一個箭步衝向了美型版的我，將我畫的圖用力拍在她臉前。

洋樓女主人雙手抓著那張紙，慢慢地掃過紙上的內容。她還是面無表情的那張臉，但身體漸漸虛化成金色光點，從腳底開始，再一路往上蔓延……

與此同時，大大的赤紅色「通關」兩字也在我們面前跳出。

這代表我猜的沒錯，畫出來的東西也正確。

我這人沒什麼特別愛好，除了假日放爛當個網路廢人，最常做的事就是刷刷小黃漫。

兩個男人打炮滾一起的那種。

這也造成我最常看到的花……就是小受的，菊花。

小受是腐女習慣的用法，也可用零號、小零稱呼，直白點就是下面那個。

這能說嗎？說了我就當場社會性死亡了。

所以無論小熊或張姊不斷問我到底是畫了什麼花才達成通關條件，打死我都不會告訴她們我畫的是什麼，就讓它成為一輩子的謎吧。

想到自己險些就要面臨社會性死亡的下場，我只想對不在這裡的陳小姐鄭重地說一句話。

陳小姐，我要殺了妳啊——

從那個奇異的洋樓空間切換到現實似乎只是一眨眼。

遊戲結束後，我們又回到了最開始之處。

大樓二樓的樓梯間。

電燈不知道什麼時候恢復正常了，原先的陰森幽暗被驅逐得一乾二淨。

我晃晃頭，一下子還沒辦法回過神，依舊有些分不清楚是現實或幻境。

好半晌，我終於意識到自己正站在樓梯上，發現管理員在我前面，回頭一看，小熊、張姊、刺青男依序排在我後面。

大夥都像是被定格住，眼睛眨也不眨，彷彿正在玩一二三木頭人的遊戲。

我將手機手電筒關掉，看見螢幕上寫著晚上十點四十分，距離我們的下班時間並沒有過多久。

還沒等我發出疑惑的喊聲，想弄清楚現在又是怎麼一回事，我的眼前冷不防出現一雙腿。

穿著黑短靴和網襪的腿。

網襪小姐似乎很喜歡掛在半空的這個姿勢，她在天花板下晃動著她的雙腳，全身重量全靠脖子間的那條繩子撐住。

「歡迎回來。」網襪小姐拍拍手，「等等他們就會醒過來了，他們不會記得發生過什麼事，不過說好的獎勵我是不會賴帳的，到時候你們都會收到。外面好像有人來接妳了，那我先走了喔。西區地基主協會準備辦慶功宴，我要去喝酒喝到掛了，掰啦。」

我被動地朝網襪小姐揮手，嘴裡的「妳早就掛了吧」最末還是吞回去。

反正網襪小姐也聽不見了。

對了，她剛是不是說外面有人來接我？

還沒等我明白網襪小姐的意思，我的前後都傳來了動靜。

「咦？燈好了？」管理員驚訝地仰高頭，「剛不是還不亮的嗎？那我明天到底要不要叫人過來看？」

「小蘇妳怎麼停下了？」小熊不解地戳戳我的後腰，害我差點抖一下。

「還是有燈好啊。」張姊關掉手電筒的光。

有明亮的燈光照射，一些小角落都無所遁形，不用怕小強藏在黑暗裡，張姊也不再緊張兮兮。

「燈都好了，要是連電梯都恢復就好了。」刺青男滿懷期待。

「我覺得難喔。」管理員潑了一盆冷水，「反正明天就會有人過來看了。」

正如網襪小姐所說，除了我之外，沒人記得發生什麼事。

我邊下樓梯，邊快速地發訊息給陳小姐，內容簡明扼要，只有一句話。

陳小姐，妳死定了！

發出後我有一絲的後悔，因為……

手機下一瞬傳來震動，陳小姐回覆得非常快，簡直像蹲守在手機前一樣。

親愛的，但我已經死了。

沒錯，我忘了陳小姐本來就不是活人，但那又怎樣，想想不久前我被迫面對的慘況。

陳小姐我還是要殺了妳啊！

決定了，狼之穴禮券我要獨吞，不買陳小姐愛的CP本……好啦，頂多買個二、三十本，其他統統都買我CP。

我們一行人走到大廳，看見三台電梯的顯示器都恢復正常。

刺青男一臉如釋重負，他總算不用明天上午爬到十九樓，下午爬到二十樓了。

管理員驚訝地在電梯前來回走了好幾趟，還將上下樓的按鈕都按下，面板上的數字隨著上升或下降的樓層跳動，來到一樓時再緩緩地打開門。

電梯的運作看起來沒有任何問題。

「還真的好了，真奇怪啊……」管理員困惑地撓撓頭髮，「算了，保險一點兒，明天還是讓機電公司的人檢查一遍吧。」

向管理員道別後，刺青男往左邊走，我和張姊、小熊走右邊。

一過下班時間，這裡的停車格空出不少，小熊的車便停在前面不遠處。我和張姊陪她走一段，然後我們再去搭車。

我低頭傳訊給陳小姐，想確認她回家了沒，小熊忽然壓低聲音，語帶興奮地對我說。

「小蘇快看，那邊那個女生長得好漂亮，看起來比張姊矮一點兒，但也好高啊！」

「哎唷，眞的耶。」張姊也誇讚一聲，「氣質很好耶。」

我下意識看過去，就見一道高眺窈窕的身影站在騎樓處。

她微低頭看著手機，側臉白皙姣好，燈光在她身上留下朦朧的氤氳感。她的一頭長髮飄飄，裙角被風吹動也飄飄。

我懷疑我看錯了，忍不住用力眨了幾下眼。

那人還站在那，甚至抬起頭，轉望向我們這邊。

當我看清那張臉的正面，本來因爲疲累而半瞇的一雙眼睛登時瞠得老大。

不久前害得我差點要表演社會性死亡的陳小姐，就站在那裡。

她怎麼來了？

不對，小熊和張姊能夠看見她了？

「妳們說的是那個……穿著長裙，頭髮也很長，飄起來很適合拍鬼片的小姐嗎？」我跟她們兩人再三確認。

小熊白我一眼，「妳那什麼形容詞？人家一個正妹，被妳說得好像哪來的女鬼。」

不，她就是鬼沒錯。

我快速瞄了陳小姐腳下一眼。

果然，就算實體化，她還是沒影子。

還好張姊和小熊沒有特意去看人家腳下有沒有影子，不然她們就要發現自己活見鬼了。

陳小姐朝我們走過來，在小熊和張姊漸漸變得驚訝的表情中開口，「我來接妳下班。」

「咦？咦咦咦？」小熊來回看看我，又看看陳小姐，隨後她百思不解地咕噥道：「怎麼好像有一絲面熟……」

小熊其實不是第一次見到陳小姐，因為懶得說明的原因，她和陳小姐在老家時是見過的，只不過不記得罷了。

「小蘇妳朋友呀，妳好。」張姊朝陳小姐打了聲招呼。

陳小姐點點頭，外貌和氣質的關係給人有點高冷感，但又不會讓人覺得沒禮貌。

「對，她是我朋……」我的手機一直嗡嗡震動，我偷瞄了螢幕一眼，看見我和陳小姐的對話視窗擠滿了成串的字，密密麻麻地宛如什麼詛咒。

要不是張姊和小熊在場，我真想不客氣地瞪陳小姐一眼。

看似高冷的陳小姐還在快速地輸入「女朋友」三個字，瘋狂明示的意味從螢幕撲面而來。

「咳嗯……她是我的女朋友，妳們可以喊她陳小姐。」晚上的夜風還挺涼的，但我臉上不自覺湧上熱度。

明明都交往好一陣子，但頭一次跟身邊人介紹對象，莫名就是讓人覺得有點害羞。

張姊和小熊不約而同地瞪大眼，像是懷疑自己聽錯了。

小熊直接把「我在作夢嗎」這幾字寫在臉上。

「啊，原來是小蘇的女朋友。改天有空再一起吃飯啊，我就不打擾妳們了。」張姊反應快，笑吟吟地說了幾句，最末再甩給我一個「明天逼問妳」的眼神，就踩著她十公分的高跟鞋風風火火地走了。

小熊還是一副在夢中的迷茫模樣，「我眞的沒聽錯？小蘇妳有女朋友了……妳什麼時候交了爲什麼我不知道啊！」

小熊像是徹底回過神，不敢置信地發出了高八度的尖叫。

「要不是妳女朋友出現，妳是不是打算等妳們結婚才要通知我？妳這樣做對嗎？」

「我們結婚一定會發帖子給妳。」陳小姐正經八百地說。

「已經決定要結婚了嗎？」小熊震驚地摀著胸口，「妳們動作好快啊！」

「還沒，別聽她亂講，這種事順其自然。」我暗中瞪了陳小姐一眼。

都還沒跟我家公開過，就想著冥婚的事，就算陳小姐長得美，也不准想那麼美。

「可惡，我也要跟妳一樣，交一個那麼好看的……嗯，男朋友！」小熊雄心壯志地發下誓願，「沒錯，我要以妳為目標！」

我拍拍小熊的肩膀，決定還是不出言支持她了。

以我為目標，那不就是註定交不到活的對象了嗎？

＊＊＊

時間匆匆流逝，過了一禮拜，又是讓人憂鬱的上班星期一。

我有氣無力地走進大樓裡，注意到今天替人代日班的瞇瞇眼管理員心情格外好。

我走過櫃台時，還能聽見他跟同事閒聊，提到自己中獎中了瑪利歐賽車世界的遊戲片。

在一樓等電梯的時候碰巧遇上了刺青男，他手臂上的拉拉熊圖案果真變成了吉伊卡哇與烏薩奇。

他還特意用那隻手拎著包包，有意無意地展現給電梯裡的人看。

電梯門抵達五樓時，「叮」的一聲打開門，我推開玻璃門走進公司裡，同部門的同事們表情奇妙，看起來像是憋著笑。

接著我就看見老闆從他的個人辦公室快步走出來，拎著筆電包，像道旋風消失在我們眼前。

有人探出頭目送，直到老闆走出公司，玻璃門完全闔緊，聲音不會外洩出去，我們部門的人就像打開開關，突然一起放聲大笑。

張姊尤其笑得激動，甚至都拍起桌來了。

她滑動椅子靠近我身旁，「小蘇妳應該早點來的。」

我才不要。

踩著整點到已經很了不起，早到一分鐘，不就代表我賴床會少賴一分鐘嗎？

「所以我錯過什麼了嗎？」我眉毛挑動，內心隱隱有種預感。

張姊又是噗哧一笑，「老闆上完廁所拉拉鍊時夾到他的鳥了，哀了好大一聲，小謝剛好在旁邊目擊全程。他剛剛那麼急離開公司，我賭十塊錢他是要去看醫生。」

啊，張姊的願望也實現了。

網襪小姐還真是說到做到。

小熊則是如願抽到遊戲的五星角，還是她夢寐以求的白髮帥男人。只是不是來我住的地方抽。

我和網襪小姐商量過了，別把小熊帶來我這棟老公寓抽，而是請她找了幾位地基主——當然沒有陳小姐，我懷疑她手非——在小熊抽卡時一起出手。

這個能量場眞的有夠強，小熊一抽不只一個五星角，還是買一送一的雙蛋黃，樂得她打電話邊尖叫邊跟我炫耀。

至於我，也收到了狼之穴網路商店的一萬元禮券。

這個酷東西眞的太棒了。

有夠香。

陳小姐就比較慘一點，她也是爲了禮券才參加活動規劃。

但地基主和我們不一樣，他們參加活動必須先簽合約，不像我們普通人類口頭答應就行。

合約書上的字密密麻麻一大堆，最後還要在「我已閱讀完並同意上述條款說明」的框框內打勾。

當然，我們都知道會眞正看完的沒幾個。

起碼陳小姐不是那一個。

陳小姐看太快了，壓根沒發覺到一萬元禮劵後面還寫著小小小小的「冥紙」兩個字。

陳小姐的一時大意，換來她的痛徹心扉。

她一傷心，就要讓別人跟著傷心。

噢，不是我，她不敢。

所以網襪小姐，最後還是被陳小姐拎出去丟到淡×河泡澡了。

最後的最後。

我可沒忘記那個由陳小姐一手主導的遊戲關卡裡，還有個美化百分之兩百的我。

「那是怎麼回事？」我將陳小姐逼至牆角，可惜身高不夠高，陳小姐雙手一攬，反而讓我像是被圈在她的懷裡。

眞是的，這樣不就讓我沒了氣勢嗎？

我從陳小姐的懷抱掙脫出來，重新擺出逼問的姿態。

「那個洋樓的女主人，爲什麼她的臉會跟我長得……啊，不是，爲什麼會變成美型版的我啊？而且妳出那什麼爛問題，什麼叫我最常看的花？」

「對不起，我那時不知道妳進到我弄的遊戲裡了。」陳小姐很快認錯，「我只是想說，這答案絕對不會有人猜出來，那些人就不能通關，就必須去搭海盜船三十次、雲霄飛車三十次、旋轉咖啡杯三十次，最後再來個大怒神三十次。」

「呃，是沒錯啦……」我的氣勢又軟弱下去，這個要不是我本人親自去闖關，恐怕不管誰去都猜不出眞正答案。

「那個女人又是怎麼回事？把她的臉弄那麼美……」想到那張連我自己都

差點心動的臉，我忽然有些不爽了，「妳是覺得我長得普通嗎？」

「妳在說什麼？」陳小姐面露不解，「妳們不是長一模一樣嗎？我那明明是照著妳的臉做出來的。」

我愣住，好半晌才反應過來陳小姐的意思。

等等……等等等等等！

眞的假的啊！

這意思不就是……我在陳小姐眼中就是那麼美嗎？

我的臉轟地衝上熱度，要是有個蛋，估計都可以放在上面煎熟了。

人家都說情人眼裡出西施。

我在陳小姐的眼裡，估計都要成九天玄女了吧。

可惡，今天又是輸給陳小姐的一天！

《我的女友陳小姐，不是人》完

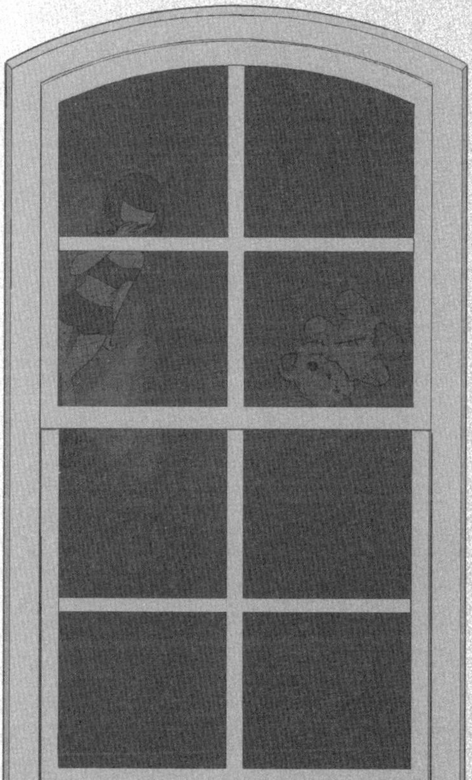

Short Story Collection 短篇集

張姊

她是公司的會計，公司剛創立時她就進來工作了，也算是公司的老人，雖然年紀沒比其他同事大多少，但大家都習慣喊她張姊。

她下班回家後的樂趣就是啃炸雞加啤酒，然後手機不離手。可以說是重度網癮症。

前陣子她搬了新家，換了一個更寬敞的住處，兩房一廳一衛的租金雖然高了點兒，但讓她的生活更自在。

原本該是如此的。

但就在她剛搬進去沒多久，異狀開始出現。

最初是她拿著手機拍新家照片給朋友看的時候，明明前方空無一人，相機上卻跳出了人臉辨認的框框。

她嚇了一跳，忙不迭把手機挪開，什麼東西都沒有。

她小心翼翼地再透過手機相機查看，這一次人臉辨認的框框沒跳出來，她鬆口氣，看樣子是相機出了ＢＵＧ吧。

隔天晚上，她就發現她的那口氣鬆得太早。

當她縮在沙發上，懶洋洋地低頭刷著手機，突然發現手機裡映出怪異的影子，她的心跳差點停了一拍。

她立刻把螢幕調暗，隔著暗下的手機螢幕，那道影子更清楚了。是個輪廓模糊的女性，弓著背、身形佝僂，看起來像個老人。

她差點尖叫，可是下一秒人影又消失。

她面色發白，手機都握不穩，如果那個人影和昨天相機內的異狀有關聯，那麼對方的位置……

移動了。

昨天還在大門，今天就往客廳裡靠近。

不不不，肯定是眼花了，她租房前都會做好功課的，這間確定不是凶宅！

她拍拍蒼白的臉，告訴自己一定是工作壓力大，才會產生這種幻覺。

可是接下來的好幾天，每當她刷起手機，都會看見那名老人的身影倒映在她的螢幕上。

她從客廳躲到房間，但老人的身影似乎也漸漸離她越來越近。

也許哪一天就會眞的進入她的房間，站在她床前。

她想搬離這裡，然而現在退租不但拿不回押金，搬家又是一筆花費，更不用說重找新房子麻煩得很。

這幾天壓力大得幾乎快將她壓垮，就連公司的人也忍不住關心她的狀況。

「張姊，妳最近是沒睡好嗎？看起來精神很不好耶。」

「不小心熬夜太晚了……沒事、沒事。」

她含糊地一語帶過，逼不得已下，找上了一位同事幫忙。

她和對方交情不錯，更知道對方住在凶宅裡至今依然安然無事。

那間凶宅在當地很有名，起碼有七位房客在那裡死亡。到現在那裡依舊只有她那位同事住著，沒有其他活人。

「小蘇，拜託妳了……無論如何都要拜託妳幫幫我了！」她抓著同事的手，急得都快要哭出來，「再這樣下去，我絕對會被那個鬼逼瘋的！」

「張姊，就算妳這樣說……但我也不會驅鬼啊。不過……」同事想了想，爲她介紹了一間廟，「這間廟的護身符還挺靈的，妳要不要明天……」

「什麼明天？老娘現在就請假！今天就去！」

再拖個一天，天曉得她家會發生什麼事！

跟老闆請完假，她就直衝那間關公廟，求了護身符，還特地跟神明求了籤。廟公爲她解籤，籤詩告訴她不用擔心會發生什麼不好的事，也沒有不好的東西會靠近她。

壓在她心頭上的大石頓時落下，她買了炸雞和蜂蜜啤酒回家犒賞自己，沒忘記把護身符戴身上。

吃飽喝足，照慣例是她的刷手機時間。

但是，那個人影又出現了。

這一次……就在她的正後方！

她緊抓著求來卻無用的護身符，只覺體內像突然被塞進大量冰塊，令她渾身發冷，手腳發顫，不知道自己還能跑到哪裡。

騙人、騙人，不是說不會有不好的東西靠近嗎！

她死命地閉上眼，全身緊繃，雞皮疙瘩全跑了出來，尖叫聲哽在喉頭，遲遲無法順利擠出。

下一瞬間，她感覺到一隻沒有溫度的手摸上她的下巴，接著慢慢往上抬。

就在她恐懼得快要昏過去，以爲自己腦袋說不定要不保之際——

她聽見一名老太太在她耳邊嘆了長長的氣。

「低頭會壓迫頸椎，要好好聽地基主的話，免得年紀輕輕就頸椎問盤突出啊。」

我的老闆

成熟的大人有時候也挺不成熟的。

或者說，有時候有點蠢。

例如我老闆。

我老闆姓崔，長得一表人才，只要不張嘴就像個人，張嘴就不是人。

媽的，跟我弟還眞像。

老闆和張姊聽說自小就認識，用文藝一點的講法就叫青梅竹馬吧——雖然這個竹馬在職場上常常不客氣地把青梅罵得狗血淋頭。

不過這眞的不是什麼特殊待遇，全公司的人三不五時都被這樣對待過。

——雖然那個青梅曾經詛咒竹馬上廁所時夾到小雞雞。

這就眞的是特殊、唯一的待遇了，讓我們爲那天慘叫出聲的老闆默哀一秒。

總之要講的不是老闆跟張姊看似一言難盡的關係。

要講的是總讓人一言難盡的老闆忽地坐在張姊旁邊的位子上，蹺著腿，雙手交疊成金字塔狀，一副霸道總裁的姿勢。

只是吐出來的話，跟霸道總裁完全搭不上邊就是了。

「我想玩錢仙。」

現在是下班時間，我和張姊多摸了一下電腦，導致辦公室只剩下我跟她，還有忽然發瘋想玩錢仙的老闆。

「你夢裡玩吧你！」一下班，張姊就不是因為出錯才讓老闆罵的員工了。她快狠準地抽出自己桌上的資料夾，毫不客氣地往老闆頭上用力一拍，「說那什麼鬼話！」

「叫我嗎？」

一聽到「鬼」這個字，一直趴在我身後的陳小姐倏然幽幽出聲。

我反射性回頭想摀住陳小姐的嘴，畢竟上班時間還帶女友一起坐陪，被發現的話肯定會被狠狠扣薪水。

然後我又冷靜下來了，除非張姊和老闆都有陰陽眼，就算我帶女友上班也沒人看得見。

「好痛！妳幹嘛？」被打個正著的老闆立刻沒了先前狂霸酷炫跩的氣勢，他捂著頭，瞪向張姊的眼神像是在看負心人，「妳居然打我？」

「我都打你幾十年了，還差這一回嗎？」張姊冷笑一聲，開始收包包，「小蘇我們下班吧，別理這個神經病。」

「陪我玩就算加班費！」老闆一見我們眞的要拋棄他了，忙不迭扯著嗓子喊，「明天再請全公司吃下午茶，豪華的那種，紅豆餅上會印我們公司 LOGO 的那種！」

聽起來很浮誇，但本質還是紅豆餅啊老闆。

這句吐槽我敢在心裡想，不敢在老闆面前講。

「紅豆餅起碼一人要四種口味。」張姊似乎被紅豆餅引誘了，果斷地又從門口折返回來，「還要春×堂的珍珠奶茶，大杯。」

「明明喝茶×會的也一樣吧……啊啊，知道知道，要豪華嘛！」老闆下班後在張姊面前就很沒老闆樣，他舉起雙手作投降狀，表示一切依張姊的。

「小蘇妳可以先走沒關係，我陪這個智障吧。」張姊體貼地對我說。

「不，讓我留下吧！」我馬上握住張姊的手，用熱切的眼神注視她，讓她看清我的決心。

爲了那美妙的加班費！

至於憂心老闆會不會玩錢仙請到什麼不該請的，這倒不在我擔心範圍內。我們這棟大樓可是有地基主在的，孤魂野鬼想要闖進來，還得問問那位地基主的意見。

見我和張姊自願犧牲，老闆興沖沖地回到自己專屬辦公室，很快又拿著一張紙跑出來，看樣子他都準備好道具了。

「那就三個人來玩吧。」老闆將五十元硬幣放在紙中間的本位上。

我沒跟老闆和張姊講，其實我們旁邊還待著第四人。

我的女友陳小姐。

陳小姐坐在旁邊看，沒有加入的打算。

我們三人的手指按在硬幣上，聽著老闆嘀嘀咕咕唸一串，接著就是最基本的問題。

「錢仙錢仙，你在嗎？在的話請給一點指示。」

明明我沒用力，但錢幣上驀地傳來一股力道，就像有隻手加入了我們。

「小蘇！」張姊有些緊張地喊了一聲，拚命用眼神跟我確認。

我點點頭，沉默看著硬幣上確實出現的第四隻手，再順著那手一路往上——

看見一位留著短髮，脖子上掛了一圈繩子，穿著網襪，打扮很辣的小姐。

嗯，孤魂野鬼確實是闖不進來。

但地基主自己過來玩了。

硬幣被移到了「ㄗㄞ」兩個注音上。

「既、既然來了的話，我們開始問問題吧。」看得出老闆力持鎮定，但尾音有點飄，眼神也跟著飄，似乎隨時想往張姊緊緊依偎過去，「小蘇妳問。」

「我喔？」我苦惱了一會，想到一個人生重要問題，「明天午餐吃什麼？」

網襪小姐直接對我翻了白眼。

眞過分，這問題明明很重要！

陳小姐摸摸我的頭，看向網襪小姐的眼神忽地變得陰森。

網襪小姐縮縮肩頭，認命挪動手指。

「吃、麵……還眞的回答了耶！」老闆一時也忘了對錢仙的畏懼，也可能他到現在只以爲是我們當中的誰在施力，「哪間店的麵？詳細地址給一下，菜單能順便列出來嗎？」

能不能我不知道，但我看得出我們大樓的地基主想捶爆你的頭了老闆。

我趕緊使個眼色給張姊，要她制止不受控制的不成熟大人。

「吃麵好啊，明天我們一起吃麵吧。換我問下一個問題，問完我們就收工吧。」張姊用不容拒絕的語氣強硬說，「反正該玩的都有玩到了。」

「不，讓我問！」老闆就像鬧脾氣的小屁孩，一開口就喋喋不休，讓張姊連插話的機會也沒有，「我就問小蘇有沒有交男朋友或女朋友吧！」

還沒等網襪小姐有下一步動作，一直在旁當個仙氣飄飄背景板的陳小姐忽然動了。

陳小姐一個箭步上前，她抓住了網襪小姐的衣領，將對方丟了出去！

然後，陳小姐把自己的手指牢牢地摁在硬幣上。

我們所有人都看見那枚五十元硬幣以驚人的氣勢挪向了紙上的某些注音符號，拼出一個完整的句子。

她 有 個 超 正 的 女 朋 友

我的臉肯定瞬間暴紅。

張姊憋不住，噗哧地笑出來。

「眞的假的？」老闆吃驚地望著我，我只能慢慢地點了一下頭。

當然我是不會告訴他，我女朋友就在他面前。

「喔，那等妳們結婚再發個帖子給我，我包個大紅包給妳。」老闆冷不防伸伸懶腰，手指自然而然地離開了硬幣。

張姊笑臉僵住，她可沒忘記玩錢仙中途抽手是大忌。她焦慮地看向我，我對她搖搖頭，用嘴形告訴她沒事。

畢竟現在充當錢仙的是我女朋友嘛。

張姊鬆口氣，又抓起資料夾敲著老闆的頭。老闆很委屈，抱著頭在辦公室內四處逃竄。

陳小姐收回手，忽地開口，「我忽然覺得，妳老闆人挺好。」

「啊，我也忽然這麼覺得。」我不小心出聲回應，好在忙著上演他逃她追的兩人沒聽見。

衝著那個未來大紅包，我決定這禮拜內……

都不再罵我老闆不是人了！

三個陳小姐

事情發生在我今天下班後。

今天鳥事、雜事格外多，搞得本來應該可以準時下班的我，被迫多留在公司兩個小時。

晚餐就用超商的兩個御飯糰解決，吃的是一個空虛寂寞冷。

好不容易總算搞定工作，回到我租的那棟老公寓，辛苦爬上了五樓，中間一度喘得像條狗。

我眞的該來運動一下了。

想是這麼想，但至今唯一實行得最好的就是跑步。

在我的夢裡跟心裡跑。

當我費盡千辛萬苦站到我的房門前，我拿出鑰匙，轉動門把，習慣地朝裡面喊了一聲。

「我回……幹幹幹！」

不能怪我回到家就用髒話問候。

任何人看見自己的室友突然從一分裂爲三，恐怕都會有差不多的反應。

客廳裡的燈是亮的，沙發上端端正正地坐著三名陳小姐。

同樣的面無表情，同樣的仙氣飄飄，同樣的……反正就是找不出差異。

我嚇得心臟差點就要停了，手指忍不住指指這個，又指指那個，「妳……妳們……」

見鬼了，這是怎麼回事！

啊，說錯說錯，我現在就是見鬼沒錯。

「她們兩個都是我朋友。」陳小姐一號說：「一個住東邊，一個住西邊。」

「她們聽說我有室友了，就想來拜訪。」陳小姐二號說：「我拒絕了，但她們力量跟我差不多。」

好的，我明白了，總之就是東區地頭蛇跟西區地頭蛇的概念吧。

就像陳小姐是我們這區的地頭蛇一樣。

「我本來想把她們打飛出去的。」陳小姐三號說：「可惜失敗了，她們堅持要看看我們之間的感情。」

先不管我和陳小姐之間有的是逆CP之情，也不管妳是眞的陳小姐還是假的陳小姐……妳對待女朋友的方式不覺得哪邊有問題嗎？

從三位陳小姐理所當然的表情來看，她們都覺得，沒有。

老實說我只想度過一個放爛的夜晚，享受一下我的夜生活，看看我的乖孫們打個炮、滾個床，或滾床以外的地方。

而不是要面對三張一模一樣的臉。

「速戰速決。」我揉著太陽穴，朝三位陳小姐揮手，「妳們到底想幹什麼？」

「見證愛情。」陳小姐一號說。

「我和妳的。」陳小姐二號說。

「妳一定可以認出我才是眞的。」陳小姐三號說。

搞半天是要我玩猜猜樂啊，這還不簡單。

我掏出了我的手機，翻開了我珍藏的祕密相簿，二話不說地就把我下載下來的圖片摁到三名陳小姐面前。

高清無碼，大片肉色。

我最愛的角色CP，也就是ＡＢ幹炮！

我在心中數了一二三。

陳小姐一號瞬間髮絲飛揚，周身帶電，銀白色電光遊走，發出啪哩的聲響，客廳裡的電燈跟著閃閃滅滅。

下一秒。

「不准——逆我的CP！」

熟悉的憤怒，熟悉的咆哮。

嗯，果然是熟悉的陳小姐。

我弟與我

我曾經有個鬼室友。

對，就是七月份容易出現的那個鬼。

而會用曾經，不是因爲她搬家了。

立志當老公寓釘子戶的陳小姐說什麼也不可能離開。

喔，陳小姐就是我說的那隻鬼。

至於爲什麼會用「曾經」，因爲她身分升級了。

她從我室友，變成了我的女朋友。

但就算關係進階，我們倆對CP的看法從來不曾改變。

依然是互逆互相傷害。

我有了一位女朋友的事情還沒跟我爸媽講。
性向突然彎掉不是重點，老爸老媽在這方面還挺開明的。
我只是不知道要怎麼跟兩老開口。
我彎了，而且找的女朋友還不是活著的。
嗯，我也不曉得她當鬼多久了，但總之是沒呼吸沒心跳很多年了。
三不五時還想拉我去冥婚。

我弟雖然機掰但觀察力挺敏銳。
幾次回老家之後，他就注意到我身邊有點不對勁。
他也知道我有陰陽眼，如果對空氣講話絕對不是我突然有了空氣朋友。
而是眞的有位朋友在我旁邊。
我不曉得是哪一次回家被他發現的。
總之，他後來打電話問我，是不是有帶什麼東西回家過？

我看看身邊的「東西」，陳小姐趴在我的床上看著筆電，漂亮的面容沒什麼表情，但眼眶紅通通的，偶爾還有淚水滑下來。

喔，她是在看虐身虐心只發刀不發糖的男男小說。

這口味太獨特了我學不起。

社畜夠累了，只想看不花腦的傻白甜。

「帶了一位阿飄小姐回去……」我有氣無力地說：「以後有機會你要是見到她的話，記得喊人一聲……」

「喊姊姊。」陳小姐不知道什麼時候靠過來，幽幽地說，聲音只有我能聽見。

看樣子不管是人是鬼，女性都喜歡聽小鮮肉喊姊姊。

總之我弟以爲我找了個阿飄當姊妹。

他不知道這姊妹想睡我。

動詞的那種睡。

但這已經足夠他吃驚了。

他對陳小姐很好奇，各種問題接二連三地提出來。

「下次回家再跟你說啦，我才剛起床，別碎碎唸個不停……」我堵住耳朵，只想滾回去再賴個床。

「啊？這個時間點妳還在睡？都下午四點了，妳豬嗎？」我弟不客氣地開了嘲諷。

「你是沒被人打過吧，信不信下次回家我揍你啊！」我對他展開了咆哮攻擊，反正就是要狠狠傷害他的耳朵。

有沒有成功傷害不知道，但起碼我弟發出了重重的咂舌聲，語氣很不滿。

「小聲點，我女朋友在睡覺。」

「都下午四點了，她還在睡？」我不是故意要挑老弟女朋友的毛病，只是把他剛說的話嗆回去而已。

但事實證明，我弟永遠都是我弟。

換句話說，機掰人永遠就是機掰人。

我弟理所當然地說：「她還小，正在轉大人，妳沒聽過一暝大一寸嗎？」

眞的有夠雙標耶，這個小王八蛋。

我一直在這裡

關於有雙陰陽眼的好處跟壞處。

好處太少了，唯一一個讓我印象深刻的就是我在我的租屋處認識了我的女朋友以及未來老婆。

喔，都是同一個。

才沒有花心一個換一個。

既然都提到陰陽眼的好處了，就表示我未來老婆不是活的。

陳小姐她是個鬼。

至於壞處，那可就眞的是多了。

歸納起來大概就是——不用到電影院，身邊天天都在上演鬼片。

看得我都要麻木了。

……才怪。

就算三不五時得看到不同死法的阿飄出現在眼前，不代表我已練出一顆水波不興的心。

不過自從和陳小姐當起室友、談起戀愛後，感覺見到的鬼開始變少了。

大概就和動物嗅到猛獸氣味會逃走的概念一樣。

我猜那些飄可能也聞得到西寧區地頭蛇的威懾力。

不管如何，能少見鬼總是好的。

畢竟比起死狀嚇人的那些鬼，我還寧願天天欣賞陳小姐這位美女厲鬼。

前面鋪陳那麼多，其實我想表達的只有一件事。

我常見鬼不代表我，不怕鬼。

更不用說是鬼片了。

老實講，有時候鬼片營造出的場景還比現實嚇人耶。

所以我現在就是後悔，很後悔。

爲什麼要在我後天將去做核磁共振檢查的時候，選中這部鬼片呢？

會看電影是小熊拉我去的。

她是我的好麻吉，知道我有陰陽眼。她怕鬼，但又喜歡看鬼片、恐怖片。

偏偏小熊挑的那部鬼片，裡頭正好有一段是主角在做核磁共振的時候，有鬼從他腳邊飛快爬了進來。

要死了，要是我躺著無法動的時候，眞的有隻飄爬進來了怎麼辦？

我絕對不想在動彈不得的時候和飄來個臉對臉貼貼。

幸好我有陳小姐。

陳小姐一得知我的擔憂，馬上拍胸脯保證到時她會跟著去。

醫院就在西寧區，有西寧區一霸罩著我，肯定無事發生。

事實證明，確實無事發生。

感謝陳小姐的陪伴，一天又平安地過去了。

而陳小姐似乎是陪上癮了，接下來都用行動來彰顯她對我的保護力。

嗯嗯嗯嗯……我是很感動陳小姐的不離不棄。
但麻煩一下，可以不要連我上廁所抽卡的時候都跟進來好嗎？

因為妳而留下的細小傷痕

身爲每次加班就累得像條狗的苦命社畜，最期待的無非是週六來臨。

假日就是，睡到死。

睡到昏天暗地也沒人管妳。

不幸的是，陳小姐用行動證明——

她要管。

陳小姐是我未來老婆，還沒結婚但只差結婚一步。

喔，不是公證那步。

是冥婚那步。

陳小姐顯然看不慣我的墮落生活，義正辭嚴地要我明天必須過得健康。

「我也是有早睡早起的。」我據理力爭。

「凌晨四點睡，中午十二點起床，這不叫早睡早起。」陳小姐拒絕買單，「小蘇，想想妳肚子的肉。」

「這都是我花重金養出來的！」我趕緊保護我的肚子，「妳昨天不是還誇它手感好嗎？」

「那是昨天的我，昨日事昨日畢。」陳小姐當場表演翻臉不認肚。

我很生氣。

我一生氣就會……沒錯，斷陳小姐的網路，讓她只能眼睜睜看我上網刷糧吃！

可沒想到陳小姐比我更絕，她直接引發騷靈現象。

於是我只能看著屋裡電燈閃呀閃的，網路斷呀斷的；別說上網沖浪了，根本死在沙灘上。

或許是察覺到我的額角青筋也在跳呀跳的，陳小姐迅速撩起她的上衣下襬，露出她最近新練出來的馬甲線。

——雖然我也不知道一隻鬼是怎麼練出來的，但線條有夠漂亮。

不過我的大腦很堅定，發誓絕不被糖衣砲彈所惑；然而我的手不爭氣，已經先摸上了陳小姐的腹部。

不得不說，觸感眞好。

可惜沒等我摸好摸滿，陳小姐就冷酷地化成摸不著的半透明形體，「想要再摸，除非今天晚上九點睡覺，明天早上七點起床。」

哈囉，身爲一隻鬼，妳會不會過得太健康了？

但我能怎麼樣。

美色當前，當然是嘴巴說好，明天身體直接擺爛囉。

隔天擺爛失敗，可惡。

早上七點，陳小姐無情無義地把我從床上凍醒。

對，就是那個凍。

她居然利用阿飄的天然優勢，把體溫降到跟冷凍庫差不多，再爬進我的被窩裡。

然後就迎來我的慘叫。

氣得我只想對陳小姐嚴正警告，再這樣會失去妳的女朋友的！

話還沒出口，陳小姐迅雷不及掩耳地抓住我的手，往她胸上一摸。

……嗯，陳小姐又贏回她的女朋友了。

既然都起來了，我只好認命地去刷牙洗臉，再被陳小姐拐出去。

——爬山。

天知道當我聽見「爬山」兩字時有多麼驚恐。

震驚程度大概就和我看完漫畫，結果發現我站錯攻受CP差不多。

陳小姐難道忘了我是個只有爬五樓體力的小廢物嗎？

「別擔心。」陳小姐溫柔地摸著我的臉，「妳要是爬不上去……」

「揹我？抱我？」我眼睛一亮，實體化的陳小姐就是這麼值得信賴。

「我會帶著妳的信用卡和手機上去。」陳小姐的語氣更溫柔了，「買〇〇老師的ＢＡ電子書，迎著山上的陽光享受一段美好時光，妳覺得怎樣？」

我覺得人與鬼之間的信任要碎光光了。

而且××老師的ＡＢ本才是最棒的，要看也是看它！

不管怎麼說，陳小姐那番話還是刺激到我了。

爲了避免我這個月卡費爆掉，重點還不是爲了我的CP，而是陳小姐的CP，腎上腺素的爆發還眞的支撐我爬到山頂。

一登上山頂，還沒體會到一覽眾山小的爽快感，我就先快被疲累感打趴。

我不顧形象地掛在陳小姐身上，一口氣差點喘不上來。

陳小姐憐愛地摸摸我的頭，「下禮拜要繼續再來爬喔。」

謝謝，妳還是殺了我吧。

我內心發誓下禮拜肯定不會受到馬甲線誘惑，等到呼吸總算平穩一點，這才離開陳小姐身上，好好欣賞山上美景。

滿眼蔥綠令人心曠神怡，感覺心靈都被洗滌得乾乾淨淨。

啊，突然想到Y老師和Z老師的高H肉本還沒下單，現在趕緊來買一波。

觸手、人外、野戰，全都為老師們點讚！

火速地下好單，我繼續和陳小姐一塊欣賞山林美景，蒼鬱碧色。

然後。

陳小姐的頭髮被風一吹，登時狂放亂舞投奔自由。重點是哪兒不去，偏偏都往我的臉上去。

我就被打臉了。

眞．打臉。

指尖

陳小姐的手很美。

即使我不是手控，也常會不由自主地盯入迷。

她的手指修長雪白，指甲像是粉色的貝殼，乍看如玉雕上染了淡淡的紅。

看我都難得文藝腔了，由此可見陳小姐的手魅力有多驚人。

甚至在光線下，那雙白如玉的手還泛著透明感。

噢，就算不在光線下其實也是。

除了實體化的時候，陳小姐的手還有她整個人，都是半透明的。

陳小姐討厭曬太陽。

就算陽光曬不黑她，她還是會隱藏起身形。

在我眼中看來，整個人是眞的消失不見。

只剩下搭在我手上才能證明我們在牽手的手指加手掌，堅持露出。

先不管那手有多美多白。

我只想說……這在我眼中看來，就是個恐怖片場景。

只要妳要

下禮拜我生日。

我提前收到來自我弟的快遞蛋糕。

我忍不住都要抬頭看一眼這天是不是要下紅雨了，還是說太陽要打西邊出來。

我弟耶。

我、弟、耶！

那個對他姊常不講人話的弟。

簽收的時候我一度以爲送錯包裹，但上面寫的寄件人的確是我弟。

直到我拆了包裝紙，裡面飄出一張小卡，娟秀的字跡寫著姊姊生日快樂，署名是我弟女朋友的名字。

……那完全可以理解了。

小廖還是一如以往人美心體貼。

我弟則跟在他女朋友的名字後潦草地簽了一個姓。

「是蛋糕嗎？」陳小姐從房內飄出，趴在我肩上，盡職地當個背後靈。

「對，我弟跟他女朋友送的，提前慶祝我生日。」

我把盒子整個打開，一看就很好吃還撒了金箔的巧克力蛋糕就安置在正中央，盒子邊緣黏著一袋紙盤跟蠟燭。

我看著三和八的蠟燭，感覺拳頭都要硬了。

不管三八還八三，這他媽的也擅自替我加太多歲了吧！

好喔，很我弟風格了。

那個機掰人！

我弟的蛋糕就像一個開端，接下來幾天陸續收到生日禮物。

就連老闆也意思意思包了個紅包當生日禮金。

雖然老闆老是不肯當人，但給我們這些員工的福利眞的很夠意思。

「晚上想吃什麼？我請客！」張姊豪爽地說，「當生日餐了，也找小熊一起過來吧。」

小熊是我的好麻吉，和張姊也熟。我朝張姊比了個ＯＫ的手勢，就丟訊息給小熊。

老闆在旁邊晃來晃去。

小熊大概是黏在電腦前，馬上就刷了一排去去去的貼圖。

老闆還在旁邊晃來晃去。

張姊打電話訂餐廳。

老闆他……鍥而不捨地繼續晃，晃得我頭都暈了，張姊的拳頭也要硬了。

要不是忙著講電話，張姊的拳頭估計就飛出去了，目標就是老闆的腦袋。

「對，晚上七點，三個人……」張姊和餐廳確認著時間和人數。

老闆他不見了，直接站在張姊面前，不停地比著自己。

張姊翻了白眼，最終還是鬆口，讓三人聚餐變成了四人行。

我都沒意見，誰請客誰就是我爸爸。

老闆今晚當了我爸。

他請客，買單。

張姊斜睨了老闆一眼，沒阻止，只跟我說之後再補請一頓，絕對不帶老闆。

我還是沒意見，能多吃一頓當然是我賺。

「欸欸，陳小姐送妳什麼禮物？還是說要請妳吃大餐？」小熊好奇地用手肘撞撞我，一雙眼睛滿是八卦之情。

「她是有說要送我禮物……」我想著陳小姐給我的訊息，「她說今晚可能晚回家，要我等她帶禮物回來。」

「哇！真好奇，到時候記得告訴我！」

「是是是。」我朝張姊、小熊跟老闆揮揮手，踏上了返家的路途。

我以爲陳小姐會比我晚到家，沒想到當我走到五樓，發現門縫內有燈光流洩。

陳小姐在家。

我推門而入，幸好沒在客廳裡看到一地紙蓮花，也沒有白菊花。

沒辦法，陳小姐是個鬼，鬼的審美和人總是差了那麼億點點。

「陳小姐？」我把包包放下，揚聲呼喚。

陳小姐很快就出現了，推著一個超大的禮物盒出來。

「這什麼？」我看得目瞪口呆，這盒子居然比我高。

「給妳的禮物，我精心準備的。生日當天我們再來吃蛋糕，更有儀式感。」

陳小姐把禮物盒上的一條緞帶塞至我手裡，「打開來看看。」

我將緞帶往下一抽，大大的蝴蝶結順勢散開，禮物盒也跟著自動彈開，露出了裡面的內容物。

我僵在原地，腦袋一片空白，只能慢慢轉過視線，「陳小姐，這這這個是……」

「冷靜一點，妳激動得聲音都在抖了。」陳小姐伸手摸著我的臉，「我特地找了其他區的地基主幫忙，他的興趣是弄３Ｄ列印。我一直想把我的全部都給妳，但妳也知道我的骨頭早就不知道哪去了，所以這次妳生日，我就請那位地基主替我印一下。」

「這這這……這叫印一下喔！」我不只聲音抖，連指著禮物的手也在抖。

「要是嫌太佔位，還可以燒成骨灰，非常方便的。」陳小姐飄至與她等身高的禮物前，笑吟吟地望著我，「如何？喜歡嗎？感動嗎？」

我看著那個據說是３Ｄ列印出來的人骨架子，倒抽一口氣。

噫！太嚇人了，不敢動、不敢動！

一直在這裡

「祝妳生日快樂～祝妳生日快樂～祝小蘇生日快樂～」

終於到了生日當天。

幾個跟我關係比較好的同事端出了小蛋糕，為我慶祝生日。

蛋糕上面還插著一根問號蠟燭。

可惡，這蠟燭誰選的，好歹挑十八啊！

不知道女人永遠十八一朵花嗎！

「好啦，小蘇生日快樂！黑森林蛋糕，妳的愛對吧。」張姊帶頭鼓掌，祝福我這個壽星，「還有無糖綠茶喔，這樣就不怕胖了。」

沒錯，就跟雞排加無糖珍奶的道理一樣，黑森林蛋糕跟無糖綠茶搭配在一起，效果肯定是同樣的。

跟張姊他們道過謝，我滿懷著感激之情，挖下了黑森林蛋糕。

然後神出鬼沒的老闆又出現了。

「誰生日？」老闆目光掃過會議室眾人一圈，最後落到我手上的蛋糕，「喔，對喔，妳生日。生日快樂，有聽過綠森林的故事嗎？」

我和幾名同事們一塊搖頭。

唯獨張姊皺了眉頭，「崔瑛你別……」

老闆的嘴還是比張姊的制止快。

「以前發生的事。這棟大樓的某間公司幫同事慶生，訂了黑森林蛋糕，結果店家那邊出了紕漏，當他們拿到蛋糕，打開盒子一看，發現裡面是座綠森林。」

「什麼意思？」有同事問出了我的心聲。

老闆面無表情地公布答案，「黑森林發霉了。」

我愣了幾秒，然後幾乎耗費全身力氣才沒把蛋糕往老闆臉上砸去。

我正在吃黑森林蛋糕耶！

爲什麼要對我說這麼恐怖的故事！

「你那張嘴就不能只有吃飯時候再張開嗎？」午休時間，張姊不把老闆當老闆，而是當成她那個欠揍的竹馬。她不客氣地把人拖到外面，還對我露出了歉意的笑。

我只能乾瞪眼地看著手上的黑森林，聽了那種故事，食欲都死了大半了。

蛋糕最後還是被我吃掉了，那是張姊他們的心意，不能浪費。

不過我短期內大概都不想再看見黑森林了。

那只會讓我忍不住想起老闆說的綠森林故事。

下班時間，我拖著有氣無力的腳步搭上捷運，回到我住的老公寓。

謝天謝地，公寓一樓沒有鋪著白色蠟燭，也沒有擺著白色花圈。

我知道我的鄰居們都是一片好心，但人鬼審美不同，那總會讓我有種過的不是生日，而是忌日的錯覺。

喔，我住的地方是當地赫赫有名的凶宅，所以有鬼什麼的，很正常嘛。

至於最凶那隻，就是我家女朋友，陳小姐。

我插入鑰匙，打開大門，迎接我的是一片黑暗。

客廳沒開燈也沒人。

「陳小姐？陳小姐？」我納悶地喊，手指往電源開關位置摸去。

還沒等我摸到開關，房門突然打開了。

我能看清楚的原因是，有亮光從門內流瀉出來。

「祝妳生日快樂～祝妳生日快樂～」陳小姐手裡捧著蛋糕，上面插著代表十八歲的數字蠟燭。

不愧是陳小姐，就是這麼懂我。

「祝小蘇生日快樂～」陳小姐端著蛋糕來到我面前，「可以許願吹蠟燭了。」

我一口氣吹熄蠟燭，客廳裡的燈隨即也亮了。

我看見陳小姐今晚打扮得特別漂亮，輕易能迷暈我的那種。

然後我又看見陳小姐手上的蛋糕。

問題來了，蛋糕做什麼形狀都好，爲什麼偏偏長得那麼像……

骨灰罈。

「可惜我已經找不到我的骨頭了，不然就能磨成灰加入蛋糕裡。」陳小姐的遺憾看起來非常眞實，「這樣就能傳達我會跟妳一直在一起的心意了。」

先不論那種東西加進去可能會害我腸胃炎送急診，而且吃進去的東西總會拉出來吧。

我只想說一句。

我們這明明是歡樂愛情故事，別搞得像個暗黑恐怖故事啊！

讀心術

我有一個老闆。

老闆他今天看起來很閒。

這眞不是好事。

不祥的預感成眞了。

壞事眞的發生。

好不容易做完今天的工作準備下班走人，很閒的老闆從他的王國……喔不是，他的專屬辦公室走出來。

「我想玩抽鬼牌。」老闆理所當然，且不容拒絕地對辦公室唯二的人說。

我，跟張姊。

太不幸了，偏偏又是我們。

唯一稱得上幸運的，或許是老闆沒有一開口就說要玩錢仙吧。

之前他就這麼幹過。

謝天謝地，抽鬼牌絕對比玩錢仙安全多了，起碼不會招來非人類的東西。

不對，都是當社畜被奴役慣了，差點要說出我願意。

正當我打算一拍桌，很輕的那種，然後義正辭嚴地對老闆扔出「拒絕加班」這四個大字，老闆先說話了。

「贏我明天就有牛排吃，餐廳在二十樓的那種。」

雖說不曉得那種是哪種，但二十樓這個高度，不用猜都知道肯定貴啊。

我立刻果斷坐回去，誰教我就是一個如此輕易為金錢和食物折腰的女人。

坐回去時我注意到手機的 LINE 跳出通知，我快速拉下狀態欄，掃了一眼。

喔，我女朋友說她要來。

我沒跟張姊和老闆講，畢竟他們也看不到她，除非她願意讓他們看到。

總之我女朋友，她有時沒事會繞過來探探班，順便接我下班。

用靈體的方式。

不過現在女朋友再怎麼重要，都比不上二十樓餐廳的貴森森牛排。

我摩拳擦掌，就等老闆發牌。

「等等，那輸了的話呢？」張姊總是很冷靜，只要不踩到她的地雷，她就不會打爆對方的狗頭。

「還是有牛排吃，不過餐廳只在十樓。」老闆說。

我和張姊對視一眼，不論輸贏都有牛排吃，太爽了吧。

當然是玩！

老闆洗牌、發牌，然後我們三人手中各握著一疊牌。

我還是有雄心壯志的，目標是二十樓牛排，絕對要贏老闆。

抽鬼牌比的就是演技、運氣。

我演技雖然不行，但我面癱啊，大部分時候都是一號表情。

張姊就很會了，靠著豐富的面部表情把我跟老闆耍得團團轉，導致鬼牌老是在我倆之間游過來游過去。

等到我終於再一次把鬼牌送回老闆那，接下來我的運氣如同開了掛，怎麼抽就是能避開鬼牌。

最後甚至一馬當先，領先張姊，成爲最快把牌清掉的第一名。

好耶，高級牛排到手！

老闆不負眾望地成爲輸家，他咂下舌，斜眼看向我，「妳居然連張小蝶都能贏，妳是會讀心嗎？」

「陰陽怪氣個什麼。」張姊一掌拍上老闆腦後，「小蘇贏了就是贏了。」

嗯，我不敢跟張姊和老闆講。

我不是會讀心，而是我女朋友在他們不知道的時候就站在他們後面，替我作弊。

這要是老實說出來……

這篇故事大概馬上就要變成一場事故了。

晚安

星期五的夜晚總有種魔力，會讓人不知不覺熬夜到半夜兩、三點。

用一句話來形容，就是……

睡什麼睡，星期五的半夜當然是起來嗨啊！

結果不小心嗨過頭，連三點都過去，即將迎來四點了。

我看看螢幕上正精彩的小黃漫，再看看時間……

啊，既然都快天亮了，那乾脆也別睡了，直接迎接日出吧。

我心裡想得美，算盤也打得好。

但我漏算了一個意外。

陳小姐。

我女朋友。

還兼職當我們這一區的地基主。

雖然是寫作「我的女朋友」，但有時我覺得應該唸作「老媽」。

眞的是管得比我媽嚴。

她總是阻止我熬夜到太晚，所以我才趁著鬼月她工作忙、外務多的時候盡情摸魚。

說好明天才回來，爲什麼這個時候突然出現了！

害我被抓個人贓俱獲。

我的電腦上還開著打炮打到一半的男×男。

螢幕冷光映亮了我的臉，也映亮了旁邊幽幽站著的陳小姐。

「不是說好明天才回來嗎？」我先聲奪人，只要我不尷尬，那麼尷尬的就是別人。

「已經明天了，過十二點了。」陳小姐不尷尬，她理直氣壯，「妳爲什麼還沒睡？太晚睡對身體不好。」

陳小姐不只用言語，還用行動表達對我的關心。

具體表現就是她二話不說拔了我的電源線。

「乖，不熬夜才能活得久。」陳小姐憐愛地摸上我的臉。

我心中忍不住生起一絲感動。

「雖然我也喜歡兩人都死掉版的冥婚，但是妳的健康更重要。」

我的感動之情瞬間加倍。

「畢竟小蘇妳活得久，才能幫我刷卡買更多本本呢。」

感動……感動說它死了。

我看著笑得溫柔體貼的陳小姐，這一刻深深懷疑起——

陳小姐會跟我在一起，其實饞的不是我的身子也不是我的心。

而是我的魔法小卡！

傾向一邊的雨傘

天氣預報說今天會有大雷雨。

我早上出門時是晴空萬里，太陽大得可以把我烤焦做成一道菜。

我覺得天氣預報估計放屁。

這麼好的天氣，連雲都沒看到，哪可能會大雷雨啊。

我決定鐵齒地不帶雨傘。

然後我就後悔了。

從電腦前抬起頭，我準備伸伸懶腰，鬆一下我的筋骨，結果就看到我面前的窗戶外。

幹！好陰、好黑！

這也太不講道理了吧，我發誓我前一刻看到的還是大藍天。

但老天似乎要表現它不只不講理，還特別會無理取鬧，下一秒白熾的亮光一閃，亮得連辦公室裡的其他人都注意到。

接著「磅」的一聲，簡直像有巨大炸彈在外面炸開。

雷砸下來了。

跟著一併砸下來的還有傾盆大雨。

剎那間，辦公室裡哀號聲不斷；包括我，我叫得最大聲。

「哎呀，雨眞大。氣象預報沒騙人，還眞的下大雨了。」坐在我後頭的張姊往我這靠過來，仰望外邊烏漆墨黑的天空，「這個沒傘還眞的回不了家。」

「張姊，我們是沒帶傘的好同伴啊！」我握著張姊的手，熱淚盈眶地瞅著她，不是孤單一人眞的太好了。

「嗯，我有帶啊。」張姊笑咪咪地說。

我感覺我們之間的同事之情瞬間碎裂了。

「那我下班能不能跟妳一起撐？」我試圖把破碎的同事之情再拼起來。

「沒帶傘不會自己去買嗎？妳是什麼都不會，要媽媽陪的幼兒園小鬼嗎？」

這種冷酷不留情的嘲諷，全公司只有一個人能夠發揮得淋漓盡致。

——我老闆。

長得帥的老闆從小辦公室走出來，但那張我們期待只有吃飯功能的嘴，今天也還是如此不留情面。

我裝作沒聽見老闆的話，緊抓張姊的手不放，「媽，救救妳孩子吧！」

「我還不想未婚當媽，謝謝。」張姊無情地抽回了手，拒認我這個大女兒。

沒獲得溫暖跟雨傘的我只好垂頭喪氣，想著家裡又得多一把傘了。

沒辦法，前科太多。總是上演著我沒帶傘、我買傘，家裡又堆了一支傘的循環。

正當我苦惱著雨傘大軍是要擴編到四還是五的時候，電腦上的 LINE 視窗亮起通知。

我點開一看，發現是陳小姐傳來的訊息。

我看著陳小姐傳來的訊息，本來頹喪的氣息頓時一掃而空。

我女朋友，說下班要來接我啦！

雖然是鬼，但陳小姐還是有辦法短時間凝出實體的。

眞是可喜可賀，要不然雨傘平空飄浮這種事就要上演在大眾面前了。

心裡想著女朋友，我工作的進度在這一刻……還是沒有提升。

要社畜爆發工作熱誠是不可能的，這輩子都不可能，除非拿更多錢來換。

下班時間，我滿心期待地走出大樓，很快就看見陳小姐。

長得又美又仙的陳小姐可謂是眾人注目焦點。

陳小姐也看到我了，朝我揮揮手。

我們一起撐傘，在雨中漫步走到捷運站……

才沒有那麼浪漫。

由於身高差，傘由陳小姐拿。她也相當樂於展現她的女友力，儘可能地將雨傘往我這邊傾靠。

但陳小姐顯然忘了拿捏好距離。

嗯，好喔。

雨水全都順著傘面嘩啦嘩啦地澆到我肩頭上了。

七夕

今天八月四號。

乍看好像是平平無奇的日子。

但換成農曆，就是七月七號。

沒錯，就是七夕，又稱情人節。

世上所有情侶都會想要一起慶祝度過，製造浪漫，當然也有可能製造事故的一天。

但，那又怎樣。

沒錯，不能放假的節日，對苦命社畜一點意義也沒有啦！

七夕能放假嗎？能加薪嗎？

不能、不能。

就算想留下來加班，但其實是當個薪偷賺個加班費，也不能。

因爲我們老闆宣布，今天——提早一小時下班。

你還不如宣布今天不用上班更好啊老闆。

當然我一向是心裡敢想，嘴巴不敢講。

誰知道一講出來之後，機車機歪還機掰的老闆會怎麼向我開炮。

本來是六點下班，現在變五點下班。

辦公室裡的同事大多是死會或是積極脫單中，總之就是興高采烈地關機下班去了。

留下我要死不活地趴在桌面上，等要死不活的下載進度從九十九前進到一百。

「還活著嗎？」同樣還沒下班的張姊轉過身來，戳戳我。

「還剩一口氣……」我有氣無力地說。

「振作點。」張姊好笑地說，「老闆讓妳提早下班不好嗎？妳不是有女朋友，正好可以早點回去跟她慶祝。」

「我比較希望老闆能宣布今天不用上班。」我抬起頭，謝天謝地，我的下載終於完成了，「張姊妳還不回去嗎？」

「晚點就回去。好啦，別賴在這了。」張姊拍拍我的背，「快去跟妳女朋友約會吧，情人節大餐不覺得聽起來不錯嗎？」

是不錯，但帶著陳小姐去餐廳，別人只會以爲我七夕失戀，獨自跑來吃大餐洩恨；又或者以爲我發神經了。

前者是因爲他們看不到陳小姐，除非他們個個都像我一樣有陰陽眼。後者是陳小姐主動實體現身，但我就得插香拜她了。

「這個順便給妳們用吧。」張姊從抽屜抽了張招待券給我，「廠商之前給的，兩人同行，一人免費。不過今天情人節，要去吃的話還是先打電話預約看看，免得白跑一趟。」

「謝謝張姊。」我雙手合十，向人美心善的張姊膜拜。

與張姊道別後，我離開公司，路上到處都能見到七夕的廣告宣傳，花店外更是擺滿成堆的玫瑰花束。

彷彿要用盡全力讓情侶從他們的荷包內掏出錢。

我……我不能免俗地也準備掏了。

雖然七夕不放假，但想想陳小姐好不容易跟我成爲女女朋友。

不，想想好像也不是挺難的。

算了，反正還是盡點女朋友的心意吧。

保險起見，我先傳訊給陳小姐，問她今晚會不會回來，免得花買了，人不在，那不是買了個寂寞。

陳小姐回覆速度很快，她說她在家，但希望我能七點後再回來，她有個驚喜要給我。

啊，肯定是情人節驚喜吧。

我的嘴角不受控制地往上翹，本來伸進包掏錢的手又縮了回來。

不是我不買，而是等要回家前再買吧，不然我就得抱著一束花在路上晃了。

回家迎接驚喜前，我決定先去吃個晚餐。

一人吃飯有點寂寞，我打了電話給小熊，「喂喂，吃了沒？沒的話出來陪我吃吧。」

「今天嗎？今天不行。」小熊拒絕得冷酷無情，「今天是七夕啊，小蘇，我很忙的。」

「妳交男朋友了？這麼快的嗎？昨天不是還是單身狀態？」我大吃一驚，沒想到小熊速度如此驚人，居然完全沒有事前徵兆。

「妳在胡說什麼，今天也還是單身、單身。」小熊哀怨地嚷，「要是妳家陳小姐有哥哥弟弟的話，乾脆介紹讓我認識認識吧。」

嗯，就算陳小姐眞的有哥哥或弟弟，那也肯定都不是活的了。

我要是敢將他們介紹給最怕鬼的小熊，那估計就換我死了。

「不然我叫我弟幫妳留意一下？」我連忙打哈哈地帶過。

「才不要！」小熊斬釘截鐵地說，「都說物以類聚，機掰人跟機掰人聚，我才不想先氣死我自己。算了，妳還是別幫我介紹了，反正我現在也很忙。」

「所以妳今天是忙啥？居然不跟我出來吃飯。」我的好奇心堅持一定要獲得解答。

「哎唷，不是跟妳說今天七夕？七夕當然是爲了我的十八號老公奮鬥啊！」小熊越說越亢奮，「七夕當天開始可是有一連串活動，登入獎勵，關卡體力減半，最重要的是排名戰！只要打進前一百名，十八號老公的ＳＳＲ活動特別卡就是我的了！不跟妳多說了，我要趕緊跟遊戲拚了！」

看著被切斷通話的手機，我只能在心底默默尊重祝福。

加油吧，小熊。奮鬥吧，小熊。

既然沒有朋友相陪，我就隨便找了間小吃店解決晚餐，回家前沒忘記再去花店買束紅玫瑰。

準時七點回到家。

老公寓裡只有五樓亮著燈，底下一片漆黑。

我推開紅鐵門，打開樓道間的燈，走到了最頂樓，也就是我住的地方。

我拿出鑰匙，插進鎖孔，順時鐘一轉，門開了，裡頭的燈光跟著溢出，在地板上投下一片明亮的色彩。

「我回來了。」我推門而入，低頭脫著鞋，「我買了花給妳，七夕快樂啊。」

「我也準備了很多花給妳。」陳小姐清泠泠的聲音響起，「都是我親手摺的，妳一定會喜歡的。」

「真的？」我驚喜地抬起頭，然後我臂彎裡的玫瑰花束差點直直墜地。

沒墜成功的原因是我及時想起它很貴，不能浪費。

我傻站在門口，目瞪口呆地看著坐在花海中，長髮披散，像個小仙女的陳小姐。

人很美，花很多。

陳小姐還抱著一個大相框，裡頭放的是我跟她難得的合照。

或許是爲了增加美感，相框上還別了一個白色的大蝴蝶結。

乍看下構圖很美，但再一看處處充滿問題，尤其是那些花。

——一堆金紙摺出來的紙蓮花。

這哪是過情人節……這他媽的是在過中元節吧！

To Be Continued.

獨家收錄

友情觀察室．吵架

我是小熊，小蘇的好麻吉。

如果有人問我全名，其實是有的。

但因爲作者想偷懶，覺得打「小熊」兩字比較簡單，因此我的全名可能要與小蘇、陳小姐的本名一樣，並列本書三大謎題之一了。

不過這不重要。

重要的是，我的好麻吉、我的國中同學、我的陰陽眼好碰友。

小蘇她居然不聲不響地交了女朋友！

我那時才知道她性向是彎的，但就算她又彎又直、直中帶彎，或是截彎取直……

總之，身爲好友的我自然是祝福。

還會請她吃一頓燒肉。

這人怎麼那麼愛吃燒肉啊！在她指定下，我懷疑台北市有三分之二的燒肉店我們都吃過了。

陳小姐就是小蘇的女朋友。

雖然不知道她本名，小蘇也總是「陳小姐」、「陳小姐」地喊，但她長髮飄飄、仙氣飄飄，用我玩了N年乙女後宮手遊、看過各家紙片人的犀利眼光來看——

陳小姐，眞是個大美人！

只是陳小姐也不是重點。

都說到這裡了，有人可能誤會我在水字數。我要大聲說：才沒有！我又不是作者那個偷懶到連名字都不想打出來的人。

這一切都是爲了待會的話題鋪陳，所以才要先來點簡單的人物介紹。

現在主要人物都出場了，我、小蘇、陳小姐。

故事就是發生在我知道小蘇和陳小姐在一起後的某一天。

小蘇自小就是個面癱，外加有點三白眼，現在也還是差不多。她的表情平時波動不大，當然，這不代表她情緒起伏就不大。因此要是當她表情出現動搖，就表示……她眞的碰到很大條的事情啦！

「小熊！」現在，我的好麻吉小蘇正用彷彿天崩地裂的語氣，雙手緊抓著我說，「快給點開示，我跟陳小姐吵架了啊！」

啊～啊啊～啊啊啊～～

抓我就算了，爲什麼還要猛力搖晃，搖得我腦海都出現海波浪。

爲了避免腦子裡的水眞的被搖出來，我反客爲主，猛地用更凶猛的力道扣住小蘇的肩膀。

先猛搖一頓再說。

這才不是報復，這只是要讓我的好麻吉冷靜下來而已。

事實證明，我的方法很有效。

搖了三分鐘，小蘇一臉蒼白，靈魂出竅般虛弱地說，「妳他媽再搖，我等等就變魚尾獅給妳看。」

新加坡的地標，魚尾獅。

獅頭、魚尾，最著名的兩隻就在魚尾獅公園，嘴巴會嘩啦嘩啦瘋狂噴水。

聽完介紹，懂的都該懂了吧。小蘇要是魚尾獅化，出來的可不只是水那麼簡單。

我火速鬆開手，靈活往後跳……忘了我坐在椅子上，差點翻落在地。

小蘇很沒朋友愛地冷笑出聲，隨後表情一變，恢復先前的天崩地裂。

「哆啦A熊，快點給我一些開示。」

「什麼哆啦A熊？這稱呼真難聽……」我嘀咕抱怨，撿回和小蘇之間的友情，「妳跟她吵架了？」

「對……」小蘇痛苦地呻吟一聲，綁成馬尾的頭髮被她抓得亂糟糟的，像炸開的鳥巢。

我從皮包拿出鏡子跟梳子給她，免得路過的客人不斷投來狐疑的目光。可能在想說咖啡店怎麼會平空出現一窩飄浮鳥巢吧。

小蘇只接過鏡子，摘下髮圈俐落地將亂髮一攏一束，一個短馬尾又颯爽地重回視野內了。

「爲什麼吵架？」我心裡的困惑只存在不到一秒，瞬間就悟了，「啊！難道又是那個……CP？」

我是乙女後宮手遊狂熱愛好者，喜歡的是ＢＧ配對，也就是男×女。

而小蘇與我相反，喔，不是說她喜歡女×男——前後很重要，這可是具備意義的，不要以爲單純是位置相反——她喜歡男×男。

簡單來說，小蘇是個腐女。

雖然她搞百合，交了女朋友，但她和女友的愛好九十九趴相同。

她們都熱愛看耽美、ＢＬ，一言以蔽之便是喜歡看兩男激烈肉搏，在包括但不限於床上的地方做結合運動做得乒乒乓乓。

至於為什麼會說九十九趴？

主要在於剩下那一趴——她們逆CP。

她們總是喜歡上相同配對，但對於配對中角色的位置，誰當攻和誰當受，聽說至今沒達成過一次共識。

聽見我的問話，小蘇點點頭，隨後又搖搖頭。

我茫然了，「啥意思？妳說話啊。我們認識那麼多年從沒心電感應的事妳又不是不知道。」

「唉……」小蘇長嘆一聲，順便挖一大口我的檸檬起司蛋糕。她一邊嚼嚼，一邊思索該怎麼組織話語。

我等到手機遊戲都登入三個、完成每日任務了，小蘇才開口。

「CP是導火線，妳也知道我最近回鍋○球少年的CP。」

「我還知道妳喜歡的其實是少年，不是○球。」

「囉嗦。反正因爲我回鍋了，最近都在刷網路上各種糧，陳小姐也跟我一起看了。」

「我懂了，於是妳們又又又又逆CP了！這只是導火線的話，那引爆點是啥啊？」

小蘇托著下巴，眼神飄向遠方，在我看來更像死魚眼。

「……電子書。」

「欸？欸欸欸欸？等等，中間會不會省略太多了？簡直像我看劇，從第一集突然跳到二十集一樣，啊中間咧？」

「中間就是……這個月買書扣達要超標了，但◯球少年的本本又很好吃，所以我們最後決定猜拳，誰贏就買誰喜歡的CP。」

「然後？」

這可無法解釋電子書在這次事件中扮演什麼角色。

小蘇的聲音變小，「然後我就在出拳前快速親陳小姐好幾下，親得陳小姐暈了，當下沒發現我慢出。」

「小蘇，妳糊塗啊！」我痛心疾首地指責，「只快速親幾下哪夠，好歹來個法式熱吻，這樣肯定讓陳小姐暈爛，事後也不會發現妳慢出。」

憑我福爾摩熊的機智來看，鐵定是陳小姐後來發現小蘇作弊，兩人才會吵架。

「靠，我怎麼沒想到？」小蘇一臉懊悔。

「欸？不對啊。」我忽然察覺盲點，過錯畢竟在小蘇，陳小姐跟她吵起來的話，她應該也會退讓，「妳也跟她吵了？」

而且這到底關電子書什麼事呀？

「單純吵架就算了，我再怎麼說都會讓著她……可是妳知道她怎麼對我嗎？」小蘇越說越氣，音量不自覺提高，「她居然登入我的電子書帳號，把我書櫃裡的推理小說第一頁全寫上凶手的名字！」

——然後收獲了咖啡店裡所有客人的吸氣聲與同情目光。

連我都忍不住爲小蘇掬一把同情淚。

太慘了，買的書全被爆雷。

怪不得會小吵變大吵。

大概是把自己說得重新憤怒起來，小蘇哼了一聲，也不向我求開示了。

這我也開示不了啊，太難了，陳小姐這招眞的太絕。

小蘇板著臉，忿忿地說：

「我才不輕易原諒她。沒錯，我要斷她網、禁她卡，我要當個冷酷無情絕對零度的女朋友！」

結果隔天，我就得知小蘇與陳小姐和好了。

情侶和好是好事沒錯，但昨天還信誓旦旦、斬釘截鐵，宣稱自己要當一個冷酷無情女朋友的人是誰啊？

我好奇地發語音問小蘇。

「我有什麼辦法。」小蘇尷尬又帶有一絲炫耀意思的聲音傳來，「可是陳小姐她戴貓耳、穿女友毛衣給我看耶。」

好的，我懂小蘇的下一句了。

——她還能怎麼辦，當然是選擇原諒陳小姐啦！

〈吵架〉完

後記

早安午安晚安，歡迎來到後記時間。

小蘇和陳小姐，本集終於在親友面前公開了～～恭喜她們兩位！

也恭喜小蘇在遊戲裡逃過社死XDDDDD

關於那個「花」，封面和文裡其實都爲遊戲解答藏了一咪咪提示。

封面是桌上的菊花，文裡則是那句「最常欣賞的花」。

如果是普通的花，就不會用「欣賞」兩字，而是用「喜歡」一詞了。

不知道你們看到最後，有沒有猜到答案呢？

這次主要角色除了小熊外，第一集短篇裡出場的張姊也正式加入了。

雖然陳小姐因爲這樣那樣的緣故，主要出現在對話裡，但也可以說她無處不在，變相與小蘇秀恩愛。

後面的小短篇就讓陳小姐眞身出場，和小蘇甜甜蜜蜜，展現各種女友力。短篇有一篇是關於七夕。

小熊的七夕其實是參考身邊親友的一次經歷。當初爲了獲得角色卡，她拚命打排名戰，就連半夜上廁所都要拿手機打個幾輪，就是爲了擠進前一百名。

至於最後結果，她靠毅力和意志力成功抱得美男歸了。

第二集的陳小姐也是寫得相當快樂的一集。寫美女貼貼眞的好喜歡。

小蘇和陳小姐的感情表現不只在故事裡，封面也充分地顯現出來。星期一回收日老師將兩人間的氛圍拿捏得超級棒！

第一集是兩人坐旁邊，距離雖近，但一半注意力還是在自己的ＢＬ糧上。第二集則是變成面對面坐著，氣氛已經大幅升溫，看得出兩人從朋友變成情侶。

小蘇認真地看陳小姐，陳小姐的視線則像有些害羞地飄移。

要被她們間不自覺的粉紅泡泡甜死了！

本集書名是《我的女友陳小姐，不是人》，下一集～兩人的感情將持續升溫，書名就是——

《我的未婚妻陳小姐，想冥婚》！

讓我們一起來期待下一本的陳小姐和小蘇會解鎖什麼新姿勢（？）吧XD

醉琉璃

國家圖書館出版品預行編目資料

我的女友陳小姐，不是人/醉琉璃著. --初版. --台北市
: 蓋亞文化有限公司, 2025.07
面； 公分. -- (故事集 ; 43)
ISBN 978-626-384-213-7(第2冊 : 平裝)
863.57　　114008606

故事集 043

我的女友陳小姐不是人

作　　者　醉琉璃
封面插畫　星期一回收日
封面設計　單宇
責任編輯　林珮緹
主　　編　黃致雲
總 編 輯　沈育如
發 行 人　陳常智
出 版 社　蓋亞文化有限公司
地址：台北市103大同區承德路二段75巷35號
電話：02-2558-5438　傳眞：02-2558-5439
電子信箱：gaea@gaeabooks.com.tw
投稿信箱：editor@gaeabooks.com.tw
郵撥帳號 19769541　戶名：蓋亞文化有限公司
法律顧問　宇達經貿法律事務所
總 經 銷　聯合發行股份有限公司
地址：新北市新店區寶橋路二三五巷六弄六號二樓
電話：02-2917-8022　傳眞：02-2915-6275
港澳地區　一代匯集
地址：九龍旺角塘尾道64號龍駒企業大廈10樓B&D室
電話：+852-2783-8102　傳眞：+852-2396-0050
初版一刷　2025年07月
定　　價　新台幣290元
Published and printed in Taiwan

ISBN / 978-626-384-213-7

Gaea

GAEA